Heinrich Seidel

Herr Omnia

Heinrich Seidel

Herr Omnia

ISBN/EAN: 9783743655034

Hergestellt in Europa, USA, Kanada, Australien, Japan

Cover: Foto ©Andreas Hilbeck / pixelio.de

Weitere Bücher finden Sie auf **www.hansebooks.com**

Herr Omnia

Von

Heinrich Seidel

EDITED FOR SCHOOL USE

BY

J. MATTHEWMAN

INSTRUCTOR IN MODERN LANGUAGES, CHELTENHAM MILITARY ACADEMY,
OGONTZ, PA.

NEW YORK ∴ CINCINNATI ∴ CHICAGO
AMERICAN BOOK COMPANY

COPYRIGHT, 1895, BY
AMERICAN BOOK COMPANY

INTRODUCTORY NOTE.

HERR OMNIA.

Heinrich Seidel, whose short stories are models of purity and of simple style, has written no more charming tale than 'Herr Omnia'. Its gentle humor renders it peculiarly adapted to school use. The description of the hearty simplicity of the German when traveling in his own country is as faithful as Dickens' portrayal of the joys and sorrows of the lives of the English poor.

The assistance given in the present edition is such as to make it possible for a careful student, who has a fair acquaintance with the commoner words and idioms of the language, to read the story with thorough understanding; but no attempt has been made to give unnecessary aid.

The partial vocabulary gives all except the commonest words. The foot-notes refer the reader to the word under which the idioms are treated, and occasionally supply information which is necessary for the complete understanding of the local allusions.

Herr Omnia.

I.

Von meinem Freunde Abendroth und seiner Leidenschaft, Menschen zu sammeln, habe ich bereits früher einmal erzählt. Diese Menschensammlung trägt[1] er in seinem vorzüglichen Gedächtnisse mit sich herum[1]; einige Exemplare jedoch hat er auch in Tagebuchaufzeichnungen sorgfältig eingemacht und für[2] die Dauer aufbewahrt. In diesem Buche zu blättern gestattet mir mein Freund Abendroth manchmal zu meiner ganz besonderen Ergötzung, und da geschah es denn einst, daß ich mein Vergnügen äußerte über den dort sorgfältig abgemalten Herrn Omnia und zugleich mein Bedauern nicht verhehlte, daß diese originelle Figur nicht einem größeren Kreise von Bewunderern zugänglich gemacht werde. Denn, so sonderbar es auch erscheint in diesem ewig Bücher schmierenden und druckenden Zeitalter, mein Freund Abendroth hat eine Abneigung dagegen und ist[3] nicht zu bewegen, irgend etwas davon zu veröffentlichen, obwohl er, wie ich denke, mit einer Beschreibung der besten Stücke seiner Sammlung ein ursprüngliches und

1. herumtragen. 2. für die Dauer, see Dauer. 3. ist nicht zu bewegen, see bewegen.

humorvolles Buch schaffen könnte. Nun war er aber gerade an dem Tage, als ich mein Entzücken über Herrn Omnia aussprach, in seiner Gebelaune und sagte plötzlich: „Gut, ich schenke ihn dir, den ganzen Omnia, mitsamt der Reise ins Riesengebirge¹, welche dazu gehört."

Von Berthold Auerbach² ist es bekannt, daß er weit über den eignen Bedarf Gedanken und Einfälle verfertigte und deshalb in seinen Romanen gern eine besondere Umzäunung anbrachte, woselbst er diese kleinen Geistreichigkeiten herdenweise einsperrte. Das Bewußtsein dieses Reichtums machte ihn verschwenderisch, und wenn er im Gespräch mit anderen Schriftstellern dergleichen kleine geistige Nippsachen hervorbrachte, war es eine ständige Redensart von ihm: „Wollen Sie es haben? Ich schenke es Ihnen." Aber ich glaube nicht, daß er ganze Originalmenschen und fast fertige Geschichten verschenkt hat, noch dazu in diesen teuren Zeiten, wo es für den wenigen Stoff so unermeßlich viele Schneider giebt, und wo mehr als je der Spruch des alten Goethe gilt:

"Jung' und Alte, groß und klein,
Gräßliches Gelichter!
Niemand will ein Schuster sein,
Jedermann ein Dichter."

Um so höher³ war meine Dankbarkeit für dies wertvolle Geschenk, und nichts Eiligeres hatte ich zu thun,

1. Riesengebirge. A mountain chain between Silesia and Bohemia. 2. Berthold Auerbach (1812–1882.) His fame rests chiefly on his great novel „Auf der Höhe" and on his „Dorfgeschichten", stories descriptive of village life. 3. Um so höher, see um.

als mir Herrn Omnia mit sämtlichem Zubehör sorgfältig aus dem Tagebuche auszulösen, ihn und die Erlebnisse seines Reisegefährten, meines Freundes Abendroth, sauber zurechtzustutzen und sie also dem geneigten Leser darzubieten. Dieser möge¹ also nicht vergessen, daß nicht ich es bin, der hier erzählt, sondern mein Freund, und daß ich es mache wie mein kleiner Junge, wenn er sich gravitätisch auf meinen Stuhl setzt, meine Feder in seine Hand nimmt und sagt: „Nun bin ich Vater." Also ich bin nun mein Freund Abendroth. Doch bevor ich aus meiner Haut in die meines Freundes fahre, möchte ich noch erklären, wie jener Mann zu dem wunderlichen Namen Omnia gelangte. Er hieß nämlich gar nicht so, sondern Adalbert Schermäusel. Da er aber die sonderbare Eigenschaft besaß, alle möglichen und unmöglichen Dinge bei sich zu tragen, so hatte man ihn gelegentlich "Omnia secum portans" getauft, wie den Wandsbecker Boten² seligen Angedenkens, und dies hatte sich, weil zu lang für den Gebrauch, alsbald auf Omnia abgeschliffen. Und nicht wahr, es klingt auch besser als Schermäusel?

1. möge nicht vergessen, see mögen. 2. Wandsbecker Boten. This celebrated periodical, founded in 1771, took its name from the little town of Wandsbeck, in Holstein. It was under the literary editorship of Matthias Claudius, who published a collection of his own contributions to its columns under the title '*Asmus omnia sua secum portans*' (Asmus carrying all his possessions with him), or 'Complete works of the Wandsbecker Boten.'

II.

Es war bei den böhmischen Dörfern Adersbach und Weckelsdorf, woselbst ich zuerst Herrn Omnia kennen lernte. Diese Orte sollten für mich nicht länger böhmische Dörfer[1] sein, und ich hatte beschlossen, auf meiner Reise ins Riesengebirge sie und die Wunder ihrer Umgebung zu besichtigen. Man hat dort die weitausgedehnten wunderlichen Felsbildungen durch Thüren verschlossen und besichtigt sie gegen Eintrittsgeld unter Leitung eines Führers, der sein Auswendiggelerntes wie ein Papagei herleiert, gerade wie man in Castans Panoptikum[2] die grausigen Verbrecher und sonstigen Wachspuppen betrachtet. Unter der kleinen Schar von Besuchern, der ich mich anschloß, war mir ein langer Herr von etwa fünfunddreißig Jahren aufgefallen durch die besondere Art seiner Kleidung und durch die ungeheuer vielen Taschen, die sein staubgrauer Anzug beherbergte. Zudem war er mit Stock und Schirm, einer geräumigen Wandertasche, einem gerollten Plaid und allen möglichen anderen Dingen ausgerüstet, deren Bedeutung mir nicht gleich klar wurde. Der Mann hatte etwas Gemessenes und Pedantisches in seinem Wesen und sprach wie ein Buch. In unserer Gesellschaft befand sich ein schönes junges Mädchen, das unter dem Schutze

---

1. böhmische Dörfer: a proverbial expression, equivalent to the English 'It is all Greek to me.' 2. Castans Panoptikum: a well known museum and exhibition of wax-works in Berlin.

einer behaglichen Tante reiste, und da man auf Reisen leicht Bekanntschaft macht, so hatten wir beide als zwei Schmetterlinge uns dieser anmutigen Blume angeschlossen, suchten ihr um die Wette kleine Dienste zu leisten und verfertigten dazu die angenehmsten Redensarten. Doch sah ich bald, obwohl ich der jüngere war, daß ich in beiden Dingen den kürzeren ziehen[1] mußte, sowohl was die Dienste als die Redensarten betraf, denn unser Reisegenosse war nicht allein mit einer Fülle von angenehmen Dingen und Gegenständen ausgerüstet, sondern verstand es auch in hohem Grade, die weitschweifigsten und schnörkelhaftesten Reden zu halten, deren Strom sich durch kein Zwischenwort und keinen Einwurf unterbrechen ließ. Er beglückte uns denn auch zunächst durch einen lehrreichen Vortrag über die Kreideformation und den Quadersandstein, und erläuterte seine Rede durch allerlei Versteinerungen, die er zur rechten Zeit mit großer Geschicklichkeit aus irgend einer unvermuteten Tasche hervorzog. Denn er hatte, wie schon bemerkt, so viele Taschen in seiner Kleidung wie eine Honigwabe Zellen. Nachdem nun der Führer endlich zu Worte gekommen[2] war und uns auf einige höchst merkwürdige „Bilder", wie er die sonderbaren Felsgestalten nannte, aufmerksam gemacht hatte und wir den „Bürgermeister", den „Mönch", den „Jäger und das Rebhuhn", den „verhungerten Ritter" und dergleichen Albernheiten genug-

---

1. den kürzeren ziehen, see kurz. 2. zu Worte gekommen, see Wort.

sam bewundert hatten, gelangten wir an einen Platz,
woselbst sich die geräuschvolle und kostspielige Einrichtung des Echos befand. Aus diesem zogen zwei rot-
nasige Blechmusikanten und ein etwas schwarz ange-
blakter Böllerbesitzer ihre kümmerliche Nahrung, so daß
sie im buchstäblichen Sinne des Wortes von der Luft
lebten. Herr Omnia hatte bereits einen Revolver her-
ausgeholt, um das Echo anzuschießen, als ihm bemerkt
wurde, daß zu diesem Zwecke einzig und allein die drei
k. k.[1] privilegierten Böller zu benutzen seien, welche dies
Geschäft in drei Preisabstufungen besorgten. Da es
uns nun die tiefste Verachtung dieser Leute zugezogen
hätte, wenn wir solchen Mangel an Sinn für die Er-
habenheiten der Natur gezeigt hätten, uns dieser Einrichtung nicht zu bedienen, so erstanden wir uns für
eine Mark den teuersten Knall, den sie vorrätig hatten.
Die behäbige Tante war im Gespräch mit einem dicken
Herrn aus Mecklenburg etwas zurückgeblieben und deshalb auf dieses Attentat nicht vorbereitet. Als nun
plötzlich das größte der drei Schießgeräte zu fürchter-
lichem Geballer seinen Mund aufthat, erschrak die gute
Dame so, daß sie, der überhaupt jegliches Schießen ein
Greuel war, auf der Stelle in Ohnmacht fiel und ihrem
Begleiter in die Arme sank. Sofort war Herr Omnia
zur Stelle, hatte mit zauberhafter Geschwindigkeit ein
Riechfläschchen irgendwo hervorgezogen und hielt es der
Tante unter die Nase, worauf die brave Matrone auch

1. k. k. = kaiserlich königlich.

sogleich wieder zu sich kam und die berühmte Frage that: „Wo bin ich?" wie es für eine gerechte Ohnmacht angemessen und stilvoll ist. Kaum war diese Wirkung erreicht, als auch Herr Omnia schon ein zweites Fläschchen mit köstlichem Liqueur bei der Hand hatte, ein Gläschen davon einschenkte und es zugleich mit einer kleinen Tafel Chokolade der alten Dame zur Stärkung ihrer erschütterten Geisteskräfte anbot. Dies zauberte hellen Sonnenschein auf ihr geräumiges Antlitz, und die schöne Nichte, der Omnia ebenfalls von diesen guten Dingen anbot, lächelte lieblich dazu wie der Mond in einer schönen Juninacht. Um nun noch mehr Öl in die aufgeregten Wogen der Tantengefühle zu gießen, wurden die zwei rotnasigen Blechmusikanten beauftragt, das Echo mit etwas Salbungsvollem anzublasen. Durch diesen Beweis unsers Kunstsinnes hocherfreut, entlockten sie ihren verbeulten Instrumenten in kurzen Absätzen herzzerreißende Accorde, die das Echo mit großer Pünktlichkeit wohl¹ an die sieben Male wiedergab. Das letzte Mal kam es erst nach großer Pause wie von ganz fern hinter den Bergen. Doch verließen wir endlich die braven Künstler, deren Gemüter ein reicher Ehrensold harmonischer stimmte als ihre Instrumente, und wandten² uns der nicht allzu entfernten Aussicht zu³. Von dieser ernährte sich ein kleiner weißhaariger Mann dadurch schlecht und recht³, daß er sie vermittelst eines langen Fern-

---

1. wohl an ... Male, see wohl. 2. zuwenden. 3. schlecht und recht, see schlecht.

rohrs groschenweife an Bedürftige abließ. Ich muß nun
offen gestehen, daß ich im allgemeinen wenig für Aus-
sichten eingenommen bin, wenn ich auch nicht gerade
meinem guten dicken Onkel recht geben'¹ will, der solche
Natureinrichtungen geradezu haßt, zumal man ihrer meistens nur durch verwerfliches Klettern auf unfruchtbare
Berge habhaft werden kann. „Was hat man schließlich
davon," sagte er einst, als wir hinter seinem Landhause
in der Gartenveranda saßen und Kaffee tranken, „die
Welt liegt vor einem wie eine große Schüssel voll Salat,
das ist alles." Dann hob er die Hand und deutete auf
seinen Garten, wo die Erbsen- und Bohnenbeete gleich
grünen Mauern standen, die Gurken üppig rankten, die
Kohlköpfe strotzend grünten, die Obstbäume von reichen
Früchten beladen ihre Zweige senkten und durch eine
Lücke zwischen den Zweigen ein goldenes Weizenfeld
weithin sichtbar ward, Weizen, wie ihn in der ganzen
Umgegend nur mein Onkel baute — auf alle diese guten
Dinge deutete² er hin² und sagte mit dem Ausdruck tiefster
Überzeugung: „Siehst du, mein Junge, das nenn' ich
Aussicht!"

Aber was half es, die Aussicht war nun einmal da,
sie mußte verbraucht werden, und uns allen ward es nicht
erspart, durch das Fernrohr einen aufrechten schattenhaf-
ten Strich bewundern zu müssen, der aussah wie das
Gespenst eines Zahnstochers und den Kirchturm irgend
einer gleichgültigen Stadt vorstellte, deren Hauptverdienst

1. recht geben, see Recht.   2. hindeuten.

durch ihre ungeheure Entfernung von diesem Orte begründet war. Natürlich holte¹ Herr Omnia ebenfalls ein Fernrohr hervor¹ und graſte² auf ſeine eigne Hand³ den Horizont ab², was ihm einen giftigen Seitenblick von dem Ausſichtspächter eintrug. Der alte dicke Herr aus Mecklenburg meinte, wenn alle Fremden ſo verführen, dann müſſe der Mann wohl nächſtens eine Hypothek auf ſein Fernrohr aufnehmen, und lachte dann ſelber über dieſen Scherz ſo, daß ihm die Backen zitterten und ſein Bauch wogte wie der Ocean im Sturm. Manche Menſchen ſind furchtbar billig zu erheitern! Es half aber Herrn Omnia nichts, denn da ſein Taſchenperſpektiv ſo weit nicht reichte, mußte er doch an das große Fernrohr heran⁴, um ſeinen Anſchauungskreis zu erweitern. Dann aber zog er aus ſeinen unerſchöpflichen Taſchen farbige Touriſtenbrillen hervor und erntete wiederum den Beifall der Tante und der Nichte, deren Augen ſich an dem Anblicke einer feuerroten, goldenen oder laſurblauen Welt weidlich ergötzten.

Wir ſtiegen nun wieder abwärts, um das erhabene Schauſpiel des Waſſerfalles zu genießen. Die Sachſen und die Schleſier bilden unter den Deutſchen bekanntlich die ſparſamſten und betriebſamſten Völker, und dieſes Syſtem haben ſie auch auf ihre Waſſerfälle angewendet; ebenſo geſchieht es in Böhmen. „Spare in der Not, ſo haſt du bei der Zeit⁵," ſagen ſie, und ſo beſitzt jeder

1. hervorheben. 2. abgraſen. 3. auf ſeine eigne Hand, see Hand.
4. heran = ſich nähern. 5. An inversion of the proverb ‚Spare bei der Zeit, ſo haſt du in der Not.'

Wasserfall im Sommer seine Sparbüchse in Gestalt eines kleinen Teiches, der durch eine Schleuse gegen angemessene Bezahlung geöffnet werden kann und also das gewünschte Naturschauspiel verabreicht. Schlimm ist es, wenn im heißen Sommer zu viele Reisende diesen erhabenen Anblick zu genießen trachten, denn es kann dann vorkommen, daß alles Wasser fortgelaufen ist und der Wasserfall nicht mehr geht. Reinick[1] sagt sehr schön:

„Was nützt mir denn, wenn er nicht speit,
Der ganze Berg Vesuv?!"

Jedoch ein Wasserfall ohne Wasser bietet[2] einen noch weit dürftigeren Anblick dar[2], ohngefähr[3] wie das berühmte Lichtenberg'sche Messer[4] ohne Klinge, an dem das Heft fehlt. Längst schon hat es mich Wunder genommen, warum der Berliner, um solche Schauspiele zu betrachten, nach Sachsen, Schlesien und Böhmen reisen muß. Warum findet sich nicht ein pfiffiger Unternehmer, der im Humboldthain[5], am Kreuzberge[6], im Tiergarten[7] oder sonstwo automatische Wasserfälle aufstellt, die dadurch, daß man etwa eine Mark in einen Spalt steckt, auf eine Weile losgelassen werden. Bei der unerschöpflichen Wasserleitung, die hier zu Gebote steht, könnte die Sommerkalamität des Versagens niemals

1. Robert Reinick, artist (1805–1852), wrote many ingenious verses for children. 2. darbieten. 3. ohngefähr = ungefähr. 4. Lichtenbergsche Klinge: a common German joke. 5. Humboldthain: a small park in the northern part of Berlin. 6. Kreuzberg: a hill in the south of Berlin, from which a panoramic view of the city is obtainable. 7. Tiergarten: the great park of Berlin.

eintreten, und das schöne Geld käme¹ der heimischen Industrie zu gute¹.

So ganz automatisch sind die schlesischen und böhmischen Wasserfälle allerdings noch nicht eingerichtet; sie machen ihre Künste aber auch nur gegen eine entsprechende Vergütung. Überhaupt das Verblüffendste für den harmlosen Wanderer bei Besichtigung dieser Felsenstädte ist die Entdeckung, daß mit dem Eintrittsgelde weiter nichts als das Recht des Aufenthaltes erkauft ist, jegliche weitere Sehenswürdigkeit aber nach dem System des Extrakabinetts oder der Schreckenskammer besonders honoriert werden muß.

Wir stiegen nun einige Stufen empor, um die Sparbüchse dieses Wasserfalles, den geheimnisvollen, zwischen den Felsen gelegenen Teich zu besichtigen. Wahrscheinlich, weil dieser Schwindel zu durchsichtig ist, nehmen² Wasserfallpächter und Führer eine besonders feierliche Miene an², wenn sie diesen lächerlichen Tümpel vorzeigen und dazu mit eiserner Stirne behaupten, seine Merkwürdigkeit sei ohnegleichen. Es gehört zum guten Ton, auf diesem steinernen Barbierbecken eine Kahnfahrt zu unternehmen, und wir alle beteiligten uns daran bis auf den dicken Herrn aus dem wasser- und seenreichen Lande Mecklenburg, dessen Billigung diese Natureinrichtung nicht fand. „So'n³ Pol⁴, sagte er, „das nennt man bei mir zu Hause 'n Wasserloch, und auf

---

1. käme zu gute, see gut. 2. annehmen. 3. So'n = so ein.
4. Pol, dialectic for Pfuhl.

jedem anständigen Gut giebt's wenigstens 'n Dutzend. Und geheimnisvolle sind da' auch bei'. Auf meinem Gute habe ich eins, das ‚schwarze Soll", wo² sich damals die schöne Trina in² versäuft hat — da wagt sich's abends in der Schümmerstunde kein Mensch vorbei'." Somit blieb er grollend am Ufer, während wir uns einschifften. Da zeigte sich, daß der Wanderstab des Herrn Omnia kein gewöhnlicher Stock, sondern eine verkleidete Klarinette war, denn nach einer kleinen Vorbereitung setzte er den Knopf an den Mund und spielte mit großer Geschicklichkeit, während wir auf den Fluten dieses Badenapfes dahinschwammen, das schöne Lied: „Von Hamburg geht's nach Ritzebüttel," und dann das noch schönere: „Fischerin du kleine, fahr nicht so alleine!" Nach einer Minute war die schneckenlangsame Fahrt beendet, wir entrichteten den üblichen Tribut und genossen sodann den merkwürdigerweise ganz kostenlosen Anblick einer Quelle, von welcher der Führer schwor, daß sie über alle Begriffe sagenhaft und ihr Wasser das reinste der Welt sei. Es war Stil, aus dieser Quelle zu trinken, und eine tiefe Rührung überkam uns alle, als wir erfuhren, daß auch dies nicht mit den geringsten Kosten verknüpft sei. Herr Omnia hatte sofort einen silbernen Becher bei der Hand und bot den Damen von der klaren Flut. Der

1. da auch bei = auch dabei. 2. In the neighborhood of Mecklenburg forms of sollen and wollen are dialectically used in the sense of 'pond' or 'pool'. 3. wo .. in = worin. 4. vorbei = vorbeizugehen. Verbs of motion are frequently omitted after a preposition.

dicke Herr aus Mecklenburg trank und prüfte mit Sorgfalt. „Hm," sagte er, „nicht übel, mit einem tüchtigen Schuß Cognac und etwas Zucker würde diese Flüssigkeit sich trinken lassen." Dann lachte er wieder, daß die Felsen hallten. Die Gabe der Selbsterheiterung war ihm in hohem Grade verliehen.

Als wir nun dem Abflusse des Wasserfalles weiter folgten, gelangten wir an den Eingang einer engen Felsenschlucht, welcher günstige Punkt von der Bude eines Wegelagerers besetzt war, der dem Wanderer mit Holzwaren und sogenannten Andenken auflauerte. Hinter dieser Bude bemerkten wir ein niedliches Mädchen mit nackten Füßen, das wie eine Art Quellnixe am rieselnden Bächlein saß und kleine Sträuße aus Feldblumen wand. Aufs angenehmste wurden wir wieder durch den Umstand berührt, daß auch dieser Anblick gar nichts kostete und daß weder das kleine Mädchen, noch der Holzwarenhändler den geringsten Versuch machten, uns etwas zu verkaufen. Ach wir wußten nicht, daß wir an diesem Orte wieder auf dem Rückwege vorbeikommen würden und daß diese Leute für jenen günstigeren Augenblick ihre Kräfte sparten.

Mit der Beschreibung der verschiedenen Merkwürdigkeiten, die wir noch zu besichtigen hatten, und aller jener Tagediebe und bettelhaften Gesellen, die unter irgend einem Vorwande die Hand nach Backhschisch ausstreckten, will ich mich aber weiter nicht aufhalten, sondern nur noch berichten, was im Laufe dieser Zeit alles noch aus den unerschöpflichen Taschen des Herrn Omnia hervorkam. In der ungemein kalten und dunklen Höhle, die Totengruft genannt, ein Thermometer, um die Temperatur zu messen, nebst einer Taschenlaterne. Ferner ein Schrittzähler und ein Aneroidbarometer, dann englisches Pflaster, als sich die schöne Nichte an einem scharfen Grashalme geschnitten hatte, und Nähzeug für die Tante, als ihr ein Dorn das Kleid zerriß. Sein Portemonnaie war ein labyrinthisches Wunderwerk mit unzähligen Taschen und Geheimfächern, und sein Messer hatte so viele Klingen zu jedem möglichen Gebrauche, wie ein Stachelschwein Stacheln. Dem alten dicken Herrn half[1] er mit Hirschtalg aus[1], und als der Führer über Zahnweh klagte, brachte Herr Omnia eine vollständige Taschenapotheke zum Vorschein und zauberte mit einigen wunderthätigen Streukügelchen das Zahnweh fort. Ich bin fest überzeugt, wäre Herr Omnia unter den Zuhörern jenes Chemieprofessors gewesen, der in der Zerstreuung seine Studenten fragte: „Ach, hat vielleicht einer der Herren etwas nassen Lehm bei sich?" Herr Omnia hätte geantwortet: „Jawohl, Herr Professor, bitte, bedienen Sie sich!"

Als dann in der großen Höhle, „der Dom" genannt, der Führer seine gewohnte Predigt halten wollte und die Tante über Müdigkeit klagte, da entsetzte ich mich fast, denn Herr Omnia nestelte nur ein wenig an seiner Reisetasche und zog einen länglichen Gegenstand hervor, der sich alsbald in einen bequemen Feldstuhl verwandelte.

[1]. aushelfen.

Beim Styx, das war ja der leibhaftige graue Mann aus dem Peter Schlemihl¹, und ich hätte mich wahrhaftig nicht gewundert, wenn Herr Omnia gerade wie jener nun auch noch einen türkischen Teppich, ein Lustzelt und drei Reitpferde aus seinen Taschen hervorgeholt hätte. Mir war so, als hätte er schon manchmal heimlich nach meinem wohlgebauten Schatten geschielt, und ich hatte das Gefühl, ich müßte meine unsterbliche Seele ein Loch fester schnallen.

Als wir nach den Strapazen der Besichtigung der Felsenstädte uns in dem Gasthause zu Weckelsdorf mit Wein und Backhühnern stärkten, stellte² sich heraus², daß unsere verschiedenen Reisepläne uns auseinander führten, daß wir aber alle vorhatten, uns fast zu derselben Zeit zu Schreiberhau in Schlesien aufzuhalten und längere Zeit dort zu verweilen. Mit dem Gruße „Auf Wiedersehen" trennte ich mich also von meinen Reisegefährten und wanderte allein nach Friedland weiter.

III.

Als ich nach einigen Tagen auf einem holprigen Einspänner von Hirschberg nach Schreiberhau fuhr und mich in der Geographie zu belehren trachtete, indem ich

---

1. **Peter Schlemihl**: Chamisso's famous story of the poor man who sold his shadow to Satan in exchange for inexhaustible riches. 2. **herausstellen**.

den Kutscher nach dem Namen eines mir besonders auffallenden Berges fragte, da ward mir die Antwort: "Der hat keinen Namen, — hier hat's¹ viele solche Berge." Da er nun aber merkte, daß so eine handgreifliche Lüge zur Bemäntelung seiner bodenlosen Unwissenheit ihm nichts half, so schlug² er eine andere Taktik ein², nannte auf fernere Fragen irgend einen Namen, der ihm gerade einfiel und brachte³ so das ganze Riesengebirge wie Kohl und Rüben durcheinander. Dazu ward sein sonderbares Pferd zuweilen von den Gedanken an eine glücklicher verlebte Jugend und kriegerischen Erinnerungen an seine fern entlegene Soldatenzeit übermannt und legte sich dann ohne allen ersichtlichen Grund mit scharfem Ruck in die Sielen, so daß wir beide rückwärts gegen die Lehnen geschleudert wurden. Alsbald aber gewannen wieder sanftere Gefühle in ihm die Oberhand, und dann schläferte⁴ es wieder durch träumerisches Dahinländern meine Vorsicht ein⁴, bis ein neuer, ganz plötzlicher Vorwärtssprung mich wiederum in Schrecken setzte. Ein so wahnsinniger alter Gaul ist mir sonst niemals vorgekommen.

In Schreiberhau fand⁵ ich noch keinen meiner Reisegefährten vor⁵ und hatte einige Tage Gelegenheit, mich dem Studium dieses merkwürdigen Dorfes zu widmen. Schreiberhau ist nach London der größte Ort in Europa, denn seine Länge beträgt 20,8 Kilometer, seine Breite 9,3. Berlin kann sich nicht entfernt mit ihm messen, denn

1. hat's: colloquial for giebt es. 2. einschlagen. 3. brachte... durcheinander, see durcheinander. 4. einschläfern. 5. vorfinden.

schlägt man um diese Stadt einen Kreis von 9 Kilometer Durchmesser, so sitzt man schon überall in den Vororten. In der Höhe übertrifft es das auf einen Präsentierteller[1] gebaute Berlin noch bedeutender, denn das höchste Haus liegt mehr als tausend Meter über dem niedrigsten. Nur in der Einwohnerzahl ist Berlin Schreiberhau ein wenig überlegen, etwa um anderthalb Millionen, denn dieser Ort besitzt nur an viertausend. Schreiberhau erstreckt sich durch ungezählte Thäler, von zahllosen Flüssen und Bächen ist es durchrauscht. Es umschließt Wälder und Einöden, Wiesen und Felder, und die Anzahl der Hügel und Felsen in seinem Bereiche kennt nur Gott allein. Du wanderst immer innerhalb dieses Dorfes durch die Einsamkeit des Waldes stundenlang, wo du nichts vernimmst als das Klopfen der Spechte und den Schrei eines Raubvogels: endlich taucht wieder ein einsames Gehöft vor dir auf. Du fragst: „Wo bin ich?" „In Schreiberhau!" ist die Antwort. Du willst mit Gewalt diesem endlosen Orte entrinnen und keuchst schwitzend weiter die Berge hinan bis dahin, wo die Fichten verkrüppeln und das wunderliche Krummholz sein zähes Zweiggeflecht ausbreitet. Dort auf der Hochgebirgswiese liegt eine Baude, bläulicher Rauch steigt aus ihrem Schornstein. Wenn du an dem gebräunten Holztische hinter deinem Eierkuchen und deinem Ungarwein sitzest, fragst du die freundliche Wirtin, zu welchem Orte diese Baude gehört. „Zu Schreiber-

---

[1]. Berlin occupies an absolutely flat plain in which the only elevation is the Kreuzberg.

hau!" antwortet sie gleichmütig. Dann wanderst du weiter auf die benachbarte Höhe, den Pferdekopf, um die Aussicht zu betrachten, und siehe da, sie besteht fast ausschließlich aus Schreiberhau. Alle diese Thäler mit winzigen Häuschen punktiert bis in die dämmernde Ferne und alles¹, was auf dem gegenüberliegenden Jserkamm an Menschenwohnungen hervorschimmert, alles gehört zu Schreiberhau, denn dieser sonderbare Ort ist bis auf die Kämme zweier Hauptgebirge Deutschlands, des Jser- und des Riesengebirges, geklettert und füllt die Thäler zwischen ihnen.

Dort wo sich die Häuser dieses weitschweifigen Dorfes am dichtesten scharen, liegt an der Chaussee Königs Hotel, in dessen Nähe ich mich einquartiert hatte. Von dort aus machte ich meine Entdeckungsreisen und fand bald wiederum bestätigt, daß Schlesien eines der billigsten Länder der Welt ist. An einem kleinen Materialwarenladen fand ich nämlich eine Inschrift, die mir schon mehrfach in der Gegend vorgekommen war. Sie lautete: "Echte Upmann², 5 Pfg.³ das Stück." Ich glaube, sonst nirgendwo in der Welt wird einem Gelegenheit geboten, so köstliche und wertvolle Cigarren zu ähnlich geringem Preise zu erwerben. Die Scheu jedoch, den Verkäufer, der offenbar den hohen Wert seiner Ware gar nicht kannte, zu übervorteilen, hielt⁴ mich ab⁴, mit ihm in Geschäftsverbindung zu treten.

1. alles was an Menschenwohnungen, see all. 2. Upmann: an expensive brand of cigars. 3. Pfg. = Pfennig (¼ cent). 4. abhalten.

Herr Omnia.

Als ich mich einige Tage in Schreiberhau aufgehalten hatte, trat' dort das große Ereignis ein¹, das sich nur mit den merkwürdigen Zügen der Heringe an den Küsten der Nord- und Ostsee vergleichen läßt, nämlich die Berliner und die anderen Großstädter rückten² ein¹, um den Eingebornen zur willkommenen Beute zu dienen. Diese Opfer des Kulturfortschrittes folgten alle dem seltsamen Zuge unserer Zeit, der die Menschen antreibt, für einige Wochen des Jahres aller gewohnten Bequemlichkeit zu entsagen und sich einem gewissen freiwilligen Märtyrertum hinzugeben, währenddessen sie enger wohnen, schlechter speisen und härter schlafen, als sie es sonst gewohnt sind. In unzähligen Wagen, beladen mit Koffern, Körben, Ammen, Bonnen, Kindern, Doktoren, Geheimräten, Kanzleiregistratoren und den dazu gehörigen Frauen, oder auch nur mit ganz gewöhnlichen Menschen ohne jeden Titel, kamen sie an um die gewohnte Laichzeit und füllten alle Wohnungen und Wege. Darunter befanden sich auch viele von den jungen Gelehrten, welche in Sexta, Quinta und Quarta an den Krippen der Wissenschaft das dürre Heu der Gelehrsamkeit kauen, und unter diesen fand sich keiner, der nicht mit einem Schmetterlingsnetze ausgerüstet war. Sie mußten Schreiberhau für ein Eldorado der Schmetterlinge gehalten haben und kamen nun, um fürchterliche Musterung zu halten. Aber ihre Enttäuschung war wohl sehr groß, denn in dieser Gegend waren heuer die Schmetterlinge nicht geraten, und soviel ich weiß, gab

1. eintreten. 2. einrücken.

es dort nur zwei, welche ich beide perſönlich kannte. Den einen traf ich am Abend des erſten Jagdtages, wie er düſter brütend hinter einem Felsblocke im letzten Scheine der Abendſonne ſaß. Der farbige Staub, der ihn ſchmückte, war entſchwunden, ſeine Flügel waren ſeltſam ausgezackt, und ich ſah ihm deutlich an, daß er geneigt war, die Welt für ein Jammerthal zu halten. Den andern habe ich niemals wieder geſehen. Er wird wohl noch deſſelbigen Tages hinübergegangen ſein in die ewigen Blumengründe, wo die Roſen niemals welken. Daß ſein Schickſal ein düſteres war, iſt mir nicht zweifelhaft.

Die Wirtstafel in Königs Hotel füllte ſich, ſo daß die beiden fetten Kellner genug zu thun bekamen. Dieſe waren nämlich trotz der vielen Bewegung, die ihr Geſchäft mit ſich bringt, zu einer merkwürdigen Fülle gediehen, obwohl ſie beide von ganz verſchiedener Gemütsart waren. Der eine war ein Optimiſt und konnte ſeine Gäſte mit der freundlichſten Miene von der Welt und dienſtbereitem Lächeln ewig auf das Beſtellte warten laſſen, während der andere, deſſen Gemütsart dem Peſſimismus zuneigte, daſſelbe Geſchäft unter fortwährendem Hadern gegen das Schickſal und Selbſtgeſprächen über das jammervolle Los eines Kellners vollführte.

Um dieſe Zeit geſchah es auch, daß glänzend wie die Sonne und leuchtend wie der Mond die behagliche Tante und die ſchöne Nichte anlangten, um der Mittagstafel zu nicht geringer Zierde zu dienen. Die Tante hatte wirklich etwas Sonnenhaftes in der ſtrahlenden

Gutmütigkeit ihres runden Antlitzes, und man sah nie Schatten auf ihren Zügen, außer wenn die Nichte, wie es zuweilen geschah, ihrer Mutter erwähnte. Dies fiel' mir schon am ersten Tage auf[1], als die Nichte aus einem Briefe heraus, den sie las, erwähnte: „Vielleicht kommt Mama auch noch auf ein paar Tage." Wie durch einen Zauberschlag wurden die fast ewig lächelnden Züge der guten Frau in Erstarrung versetzt, und mit weitgeöffneten Augen blickte[2] sie angstvoll auf das weiterlesende Mädchen hin'. Es war ordentlich hübsch zu sehen, wie diese seltsame Spannung sich legte und alsbald der gewohnte Sonnenschein zurückkehrte, als die Nichte endlich sagte: „Sie hat sich's überlegt und meint, sie könne doch nicht abkommen." Ein langer Seufzer der Erleichterung, und die guten Augen lachten schon wieder.

Am nächsten Tage war auch Herr Omnia da und erfreute die lauschende Gesellschaft durch einen längeren Vortrag über die einstige Vergletscherung des Zackenthales, nebst sinnreichen Bemerkungen über Gletscher überhaupt und Gletscherschliffe im besonderen. Als er dann in die Tasche griff, erwartete ich schon, er würde irgend einen gekritzten Felsblock zur Probe herausziehen, allein dieser verteufelte Mensch brachte unsere Photographieen zum Vorschein, welche er vermittelst eines verborgenen Taschenapparates in Udersbach und Weckelsdorf heimlich aufgenommen hatte. Durch eine Lupe betrachtet, erschienen die kleinen Bilderchen sehr wohl

1. auffallen. 2. hinblicken.

getroffen, nur das meinige war jammervoll und zeigte ein geradezu blödsinniges Lächeln, ein Umstand, der die Damen sehr erheiterte und Herrn Omnia ganz besonders zu erfreuen schien, indem er mit großer Hartnäckigkeit schwor, so etwas von Ähnlichkeit sei ihm noch nie vorgekommen. Überhaupt standen wir uns nicht zum besten miteinander, und nur die Gegenwart von Nichte und Tante verhinderte, daß es zu stärkeren Reibungen unter uns kam. Im übrigen suchten wir uns aus dem Wege zu gehen, allein da uns beide in gleicher Weise das schöne Mädchen anzog, wurden wir doch täglich oft sehr zusammengeführt. Herr Omnia hatte eine unangenehme Art, mich in jeder Hinsicht zu übertrumpfen, und scheute dazu keine Mühe, wußte auch seine Verdienste dabei ins gehörige Licht zu setzen. Als ich eines Abends den Damen zwei Sträuße wohlriechender Orchideen von einer zarten Fliederfarbe überreicht hatte, trat' er am nächsten Vormittage schon ziemlich früh mit zwei schönen Büscheln jener Anemone an¹, die eine Hochgebirgspflanze ist und auf dem Harze Brockenblume, auf dem Riesengebirge aber wegen ihrer zottigen Früchte Teufelsbart genannt wird.

„Mit einem schönen Gruß vom Eisbären," sagte er, als er die beiden Sträuße überreichte. „Was," fragte die Nichte verwundert, „dort waren Sie heute schon?" Den „Eisbären" nannten wir wegen seiner sonderbaren Form einen Fleck alten Winterschnees oberhalb der alten

1. antreten.

schlesischen Baude, der, allmählich kleiner werdend, zu uns ins Thal hinabschimmerte.

„Um vier Uhr früh brach' ich auf¹,“ sagte Herr Omnia, „und in fünf Stunden war die Sache gemacht. Ich dachte den Damen etwas Besonderes zu bringen, und nicht Blumen, die hier überall in den bequemen Wiesenthälern wachsen.“

Mit dieser letzten Wendung zielte das Scheusal auf mich. Die schöne Nichte betrachtete liebevoll die schönen Blumen, ordnete mit rosigen Fingern an dem Strauße und vertiefte das feine Näschen in den weißen Blütenschimmer.

„Anemono alpina,“ säuselte Herr Omnia mit honigsüßer Stimme.

Mich plagte ein böser Geist, so daß ich plötzlich herausfuhr: „Teufelsbart nennt man diese Blumen hierzulande, sie duften nicht und sind giftig.“

Sie sah mich ganz erschrocken an, und selbst die Tante blickte vorwurfsvoll auf mich hin. „Ein häßlicher Name für so schöne Blumen,“ sagte die Nichte, „Anemono alpina aber klingt wie Musik.“

Was sollte ich nun machen, ich war wieder gänzlich aus dem Felde geschlagen. Der lange, dürre Omnia war ein gewaltiger Bergsteiger und Meilenfresser, ich aber war wie Hamlet ein wenig fett und kurz von Atem und sah² mir die Berge am liebsten von unten an². Sonst hätte ich wohl gewußt, was zu thun war. Bei den

1. aufbrechen. 2. ansehen.

Schneegruben, die in vier Stunden zu erreichen waren, wuchs das berühmte Blümchen „Hab mich lieb" oder Primula minima, und in einem scharfen Tagesmarsche konnte ich seiner habhaft werden. Jedoch bei der herrschenden Julihitze hätte ich mich bei dieser Hochgebirgsfahrt, glaube ich, in Atome aufgelöst und zog' es deshalb vor¹, diesen Kampf beizeiten aufzugeben.

Im Laufe der Zeit gestaltete sich mein Verhältnis zu Herrn Omnia immer unleidlicher. Dieser war auf den taktischen Kunstgriff verfallen, meine Anwesenheit gänzlich zu ignorieren und alles, was ich sagte, als eine gleichgültige Erschütterung der Luft gar nicht zu beachten. Er hielt seine gewohnten langen gedrechselten Reden, und gelang es mir, in einer Zwischenpause irgend eine, wie ich meinte, treffende Bemerkung einzufügen, so unterbrach er mich mit seiner schnarrenden Stimme, als wäre es das gleichgültige Gackern eines Huhnes, das er soeben vernommen, und fuhr² ganz unbeirrt in seinen Erläuterungen fort².

Ich ertappte mich jetzt zuweilen auf dem inhumanen, und eines wohlerzogenen Mitgliedes der menschlichen Gesellschaft gänzlich unwürdigen Gedanken, welch einen unsäglichen Genuß es mir bereiten würde, den Herrn Omnia mitten in einer seiner langweiligen und selbstbewußten Reden beim Genick zu ergreifen und mit der Nase auf den Tisch zu stauchen. Dieser Gedanke war gemein, aber er schwellte meine Seele mit Wollust und

1. vorziehen. 2. fortfahren.

spannte meine Muskeln zur Kraft eines Berserkers¹. Das Beleidigende und Aufreizende in den Reden des Herrn Omnia bestand nämlich hauptsächlich darin, daß er mit seiner oberflächlichen, aus Zeitungen herausgelesenen Halbbildung jeglichen zu belehren trachtete und dabei nicht die geringste Rücksicht nahm, wen er vor sich hatte. Ein riesiges Gedächtnis befähigte diesen Schwätzer nämlich, soeben gelesene Dinge fast wörtlich zu wiederholen und seine Zuhörer mit vor kurzem erst erworbenen halbverdauten Kenntnissen aus dem Kropfe zu füttern. Da ihm alles andere gleichgültig war, wenn er nur reden konnte, so richtete er sich an irgend einen Beliebigen, belehrte Philologen über Sprachwissenschaft, Mediziner über die Anfangsgründe ihrer Kunst, Afrikareisende über die Gewohnheiten der Neger und gab Redakteuren Anleitung, wie man eine Zeitung mit der Schere herstellt. Als er einem sehr behaglichen und netten Buchdruckereibesitzer, der neben mir saß, einmal ohne Gnade das ganze Verfahren des Setzens, Corrigierens und Druckens weitläufig beschrieben hatte, ohne Zwischenreden und Einwände zu beachten und ohne sich darum zu bekümmern, daß dieser in seiner Not und um sich zu retten mit mir ein Gespräch über die künstliche Hühnerzucht anfing, da zeigte dieser gute alte Mann mir, nachdem Omnia endlich von ihm

1. Berserker: wild warriors who, according to the northern mythology, at times were seized with frenzy (Berserkerwut), during which they possessed superhuman strength and were invulnerable. The tradition probably had its rise in the peculiar effects of some form of intoxication similar to that produced by opium.

abgelaffen und begonnen hatte, einen Gutsbefitzer aus der Magdeburger Gegend über den Rübenbau[1] und die Zuckerfabrikation zu belehren, da zeigte mir diefe Seele von einem Buchdruckereibefitzer ein Meffer unter dem Tifche, feine Züge verzerrten fich, und er gab mir pantomimifch zu verftehen, daß Herrn Omnia den Hals abzufchneiden zur Zeit das einzige fei, was feiner gequälten Seele Befriedigung zu verfchaffen im ftande fei. Alfo beleidigend wirkte die Manier diefes Schwätzers auf die meiften Tifchgenoffen, und nur Tante und Nichte fchienen ftets in Bewunderung verfunken; auf diefe beiden guten und fanften Kaninchen wirkte er fichtlich mit dem Zauber der Schlange.

IV.

Eines Abends befchloß ich, am nächften Tage eine kleine Gebirgsfahrt über die neue und alte fchlefifche Baude zu machen, eine nicht zu anftrengende Tagestour. Ich erzählte davon, und als Omnia dies hörte, fah ich, wie er mit den Augen klappte. In der Frühe machte ich mich auf und hielt meine erfte Einkehr im Wirtshaufe zum Zackelfall. Ich faß dort in dem kühlen Gaftzimmer und führte mit dem Wirt das Gefpräch über feinen riefengroßen ausgeftopften Auerhahn in dem viel zu kleinen

---

1. Rübenbau: beet-root sugar is widely used in Germany. It is extensively manufactured at and near Magdeburg.

Herr Omnia.

Glaskasten, ein Gespräch, welches der brave Wirt schon neuntausendneunhundertneunundneunzigmal mit neuntausendneunhundertneunundneunzig' Riesengebirgsbesuchern geführt hatte und welches immer etwa so lautet:
"Sieh da, ein schöner Auerhahn!"
"O ja."
"Haben Sie den selbst geschossen?"
"O ja."
"Hier giebt's wohl noch viele Auerhähne?"
"O ja."
"Der Glaskasten ist aber ein bißchen klein!"
"O ja."
"Ein hohes Vergnügen, die Auerhahnjagd?"
"O ja."

Da ich nun also gerade der zehntausendste war, welcher dies denkwürdige Gespräch führte, so feierte ich dies Jubiläum durch ein Extraglas Ungarwein und wanderte weiter. Der Weg zur neuen schlesischen Baude ist nun nicht gerade allzu steil, aber für einen etwas völlig angelegten Menschen gerade genügend, um seine Dampfspannung zum Überdruck zu bringen. Windig gebaute Leute von 140 Pfund und weniger mögen solche Berge hinauftänzeln wie die Zicklein, dies sollte ihnen aber wohl vergehen, müßten sie wie ich außerdem noch 70 Pfund Menschenschmalz mit sich schleppen. Ich möchte wohl sehen, wie bürgermeisterhaft sie sich dann bewegen würden, denn Fett giebt Würde.

1. 9999.

Herr Omnia.

Als ich nun so stetig und unverdrossen den Weg zwischen die Beine nahm und reichliche Destillationsprodukte von meinen Augenbrauen und dem Rande meines Hutes tröpfeln ließ, kam mir ein braver Berliner entgegen, der von Schmiedeberg aus den Weg über die Koppe und den Kamm gemacht hatte, aber kaum einmal auf der ganzen Strecke aus dem Nebel herausgekommen war und somit fast gar nichts gesehen hatte. Um sich nun mit der Natur in Einklang zu bringen, hatte er die vielen Wirtshausgelegenheiten fleißig benutzt und auch seinen inneren Menschen stetig in Nebel gehüllt. Er war infolgedessen in einer mißvergnügten, aber mitteilsamen Stimmung.

"Was nützt mir dat janze Jebirge[1]," sagte er, "wenn sie keine Wolkenschieber bei[2] anstellen und man immer rumduffelt[3], wie Lessing sagt: ‚Das Maultier sucht im Nebel seinen Weg.' Oder war et[4] Schiller? Na, mir is[5] et Schnuppe[6]. Wenn ick[7] in Berlin bei Nebel meinen Freund Lehmann fünf Treppen hoch in de[8] Kochstraße besuche und kieke[9] da aus't[10] Fenster, da hab' ick janz[11] detselbe[12]. Und dann det[13] ewige nutzlose Klettern. Wenn man denkt, man ist ruff[14], muß man wieder runn[15], und dann wieder ruff!

1. das ganze Gebirge. In the middle classes in Berlin there is a tendency to substitute the sound of j for g. Of course the educated classes do not use this so-called 'Berlin dialect.' 2. dabei. 3. herumdufelt. 4. es. 5. ist. 6. mir ist es Schnuppe, see Schnuppe. A commoner expression is: mir ist es Wurst (sausage). 7. ich. 8. der. 9. gucke. 10. aus dem. 11. ganz. 12. dasselbe. 13. das. 14. herauf. 15. herunter.

„Da fragt man sich doch allemal,
Warum die Welt so unegal?"

wie Scheffel¹ sagt oder Wilhelm Busch² oder sonst einer von die Brüder. Die janzen Berge sind 'n Unsinn. Nee, da lobe ick mir Berlin. Allens jlatt³ und sauber mit Asphalt und Koppsteene⁴. Und wenn da 'mal⁵ 'n⁶ Berg is, is es 'n jemütlicher⁷ Berg. Kennen Sie 'n⁸ Pfefferberg⁹? Was? Oder 'n Schinderberg⁹? Was? Da liegt doch wat¹⁰ drin¹¹. Was? — Na, verjnügten¹² Nebel," schloß er dann und duselte weiter den Berg hinab, um wahrscheinlich nach kurzer Zeit mit dem Wirt am Zackelfall das zehntausend und erste Gespräch über den Auerhahn zu führen.

Als ich die neue schlesische Baude erreichte, schien es mir, daß ich mehr Glück haben würde als dieser Berliner, denn die Luft war ziemlich klar und nur über die Ferne ein leichter Dunst gebreitet. Ich bestellte mir dort den gebräuchlichen Eierkuchen, während zwei Megären im Nebenzimmer die Harfe schlugen und auf einer Guitarre trommelten, und ein männliches Wesen mit dem Äußeren eines Gewohnheitstagediebes die Zither dazu wimmern ließ, so daß die Göttin der Musik weinend ihr Haupt verhüllt hätte, wäre sie zugegen gewesen. Aber dazu war sie

1. Scheffel (1826–1886). His most famous works are „Der Trompeter von Säkkingen" and the great historical romance „Ekkehard". 2. Busch. A caricaturist and writer of humorous verses. 3. Alles glatt. 4. = Pflastersteine. 5. einmal. 6. ein. 7. gemütlicher. 8. den. 9. Two well known restaurants in Berlin, named from the hillocks on which they stand. 10. etwas. 11. darin. 12. vergnügten.

viel zu klug — sie befand sich zur Zeit in Pegli am Ufer des Mittelmeeres und gab' meinem Freunde August Bungert² herrliche Melodieen ein¹.

Nach genügender Stärkung machte³ ich mich wieder auf³, um den kleinen, schon vorhin erwähnten Seitenabstecher nach dem Pferdekopfe zu machen und das ungeheure Schreiberhau in seiner ganzen Ausdehnung zu genießen. Die Aussicht war ziemlich verschleiert; aus dem weißlichen Grün der Thäler schimmerten⁴ die Häuser wie verschwommene Punkte hervor⁴, der Hochstein war in Dunst gehüllt und das ferne Hirschberger Thal ein unkenntlicher Dämmer. Um den Gipfel des Reifträgers hatten sich Wolken gelagert. Auf dem Rückmarsche nach dem eigentlichen Kammwege verfiel ich einem Irrtume, dessen Opfer wohl schon mancher gewesen ist. Man konnte eine so beträchtliche Ecke abschneiden, wenn man quer über das wiesenartige, mit einzelnen Steinblöcken und Gruppen von Krummholzkiefern bedeckte Land ging. Zuerst machte es sich auch ganz gut, aber bald ward der Boden sumpfiger, zwischen den einzelnen mit Krummholz bewachsenen Kufen stand das Wasser, und leises Quellgeriesel tönte überall. Ringsherum machten sich die Wasserpieper vernehmlich, jene angenehmen Singvögel, die erst von der Region des Krummholzes ab die Gebirge bewohnen. Es klang, als machten sie sich über mich lustig.

1. eingeben. 2. Bungert. A well known composer. 3. aufmachen. 4. hervorschimmern.

Plötzlich war die Sonne fort, und leise und geister=
haft schwebte ein sanfter Nebel herbei, im Nu die Welt
in Schleier hüllend. Ich machte, daß ich zurückkam auf
den ebenen kenntlichen Weg. Als ich die eigentliche
Kammstraße wieder erreicht hatte, zauderte ich, ob ich
weiter gehen sollte. Rings war alles in Nebel getaucht
und keine Ferne mehr kenntlich. Ganz in der Nähe
lag die soeben verlassene Baude; fröhliches Getöse, Glä=
serklingen und Harfengesumme klang¹ von dort her¹.
Sollte ich in diese unbekannte Nebelwelt hineintauchen,
wo ich doch nichts vom Gebirge sah und mich zudem
gar leicht verirren konnte? Aber der Weg streckte sich
so sauber, vertrauenerweckend und kenntlich vor mir her,
und kurz entschlossen schritt ich vorwärts. Es lag ein
eigner geheimnisvoller Reiz über dieser Wanderung.
Ringsum der stille Nebel zwischen dem niederen Krumm=
holz, und nur einige Vogelstimmen oder zuweilen ein
sanftes Rieseln und Plätschern fließenden Wassers waren
vernehmlich. Dann wurden in der Ferne Stimmen laut
und tönten näher und näher. Blasse Gestalten, schein=
bar riesengroß, tauchten in dem Nebel auf, kamen näher,
verkleinerten sich zu gewöhnlicher Menschengröße, nah=
men bestimmte Umrisse, Formen und Farben an, und
unter Leitung eines hochbepackten Führers zog mit lusti=
gen Scherzen und galgenhumoristischen Bemerkungen
über den Nebel eine Wandergesellschaft an mir vorüber.
Ich blickte² mich um², sah die Leute wieder im Nebel

1. herklingen. 2. umblicken.

verschwimmen und lauschte im Weiterschreiten auf die
allmählich verhallenden Stimmen, bis es wieder ganz
still war. Ich hörte nun keinen Vogel mehr und kein
Wassergeriesel, nur das Geräusch meiner eignen Schritte
und das leise Rauschen meiner Bekleidung. So ging
ich eine lange Strecke in scheinbar unendlicher Einsamkeit, bis ich plötzlich mit einem Schreck zusammenfuhr,
der mir gleich hinterher komisch erschien. Mitten im
dicksten Nebel setzte[1] plötzlich eine Drehorgel ein[1] und
verpestete das heilige Schweigen der Natur mit dem
Schunkelwalzer. Ich war heute mild gestimmt durch die
nebliche Einsamkeit, und als ich dem emsig kurbelnden
Greise nahekam, opferte ich ihm mehr als gewöhnlich.
Noch lange verfolgte mich, allmählich in der Ferne
ersterbend, die reichlich bemessene Anzahl von Tönen,
welche mir der gewissenhafte Orgeldreher als Gegengabe
schuldig zu sein glaubte. Dann wieder Einsamkeit, Nebel
und Schweigen. Manchmal fanden meine Schritte stärkeren Wiederhall. Dann tauchten[2] in der weißlichen
Dunstflut ragende Schatten auf[2], deren Formen allmählich bestimmter wurden und sich als seltsam zerklüftete,
übereinander getürmte Felsblöcke darstellten. Sie warfen
den Schall meiner Schritte mit metallischem Klange zurück und versanken dann wieder hinter mir in Dunst.
So war ich lange gewandert, ohne jemandem zu begegnen, darum begrüßte ich mit Freuden den Schritt eines
mir entgegenkommenden Wanderers, den ich nach dem

1. einsetzen. 2. auftauchen.

Wege befragen konnte. „Immer geradeaus," war die
Antwort, „nachher geht's links ab." Die Sache schien
ja sehr einfach zu sein, und ich wanderte sorglos weiter,
ohne allzuviel auf den Weg Achtung zu geben.

Ich mochte wohl schon seit zwei Stunden die neue
schlesische Baude verlassen haben, da schien es mir, als
ob der Weg zu meinen Füßen minder kenntlich sei als
vorher, und als ich noch eine Strecke weitergeschritten
war, konnte ich einen eigentlichen Pfad nicht mehr mit
Bestimmtheit erkennen. Sollte ich von der Hauptstraße,
ohne es zu merken, abgekommen sein? Ich folgte einer
Richtung, die mir am meisten begangen zu sein schien,
allein bald geriet ich in wüstes Steingeröll, und der Boden
senkte sich sehr merklich. Mir schien es nun das sicherste,
auf den alten gut kenntlichen Weg zurückzukehren und
dort mein Heil zu versuchen. Aber ich fand ihn nicht wieder und geriet anstatt dessen in ein Dickicht von Krummholzkiefern, das undurchdringlich war; nur ein schmaler
Gang zog sich pfadartig dadurch hin. Diesem folgte ich
und geriet in quelliges Terrain; bald schimmerte blankes
Wasser in kleinen Lachen vor meinen Füßen. Ich mußte
wieder zurück, hatte mittlerweile die Richtung ganz und
gar verloren und suchte planlos nach einem Ausweg aus
dieser Wüste von Krummholzkiefern, quelligem Boden,
Sumpf und Steingeröll. So ging es nicht weiter¹. Ich
erhob meine Stimme zu lautem Rufe, in der Hoffnung,
eine Antwort zu erhalten.

1. So . . weiter, see weiter.

Wie dünn erklang mein Schrei in dem weiten Nebelmeer; er schien auf der Stelle darin zu versinken, und es kam keine Antwort. Fast zwei Stunden hatte ich nun schon nach dem Wege gesucht und nichts erreicht, ich war müde und hungrig, denn fünf und eine halbe Stunde war ich bereits gegangen, außer einem Eierkuchen hatte ich noch nichts Wesentliches an dem Tage genossen, und die Mittagszeit war längst vorüber. Unwillkürlich kamen mir einige Verse aus dem Gedichte eines Freundes in die Erinnerung, die also lauten:

> „Was thut in solchem Fall ein Mann?
> Er brennt sich eine Pfeife an,
> Daß tröstlich ziehn um Nase
> Die bläulichen Verbrennungsgase."

Eine Pfeife hatte ich zwar nicht, wohl aber eine Cigarre. Ich setzte mich auf einen Stein, um eine Weile zu ruhen, und blies gedankenvoll bläuliche Wolken von mir, die alsbald in dem Meere des Nebels verschwammen. Nachdem ich unter Grübeln über meine verdrießliche Lage die Cigarre ausgeraucht hatte, blieb mir weiter nichts übrig, als aufs neue nach dem Wege zu suchen. Endlich mußte ich ihn doch finden, und dann wollte ich besser auf ihn achtgeben. Es gelang mir jetzt wenigstens auf dem Trocknen zu bleiben und etwas zu entdecken, das einem Wege ähnlich sah, doch kam ich nur langsam vorwärts, weil ich immer auf der Hut sein mußte. Nach einer weiteren Stunde, als ich gerade auf einer weichen Moosdecke dahinschritt und mein Geist mit

Herr Omnia.

der Vorstellung eines üppigen Beefsteaks erfüllt war, geziert mit krausen Zwiebellöckchen, während ich zugleich den löblichen Vorsatz in mir ausreifen ließ, in der ersten Baude, die ich träfe, drei Glas Bier hintereinander hinabzugießen, um diesen Berserkerdurst¹ einigermaßen zu dämpfen, da wehte plötzlich ein leiser Luftzug deutlich den Duft von etwas Gebratenem zu mir her. Ich hielt dies zuerst für eine Halunkzination² der aufgeregten Sinne, gewissermaßen für eine Fata Morgana³ der Nase, bestimmt, den hungrigen Wanderer in dieser Nebelwüste grausam zu täuschen, allein als ich stehen blieb und eifrig windete, merkte ich bald, es konnte keine Täuschung sein.

„Hallo!" rief ich in den Nebel hinaus.

„Hallo, hier!" antwortete eine bekannte Stimme ganz in der Nähe, und als ich hinzuschritt, erblickte ich Herrn Omnia, der höchst komfortabel im Schutze eines Felsens auf seinem Feldstuhle saß und zwischen den Steinen auf seinem Spiritusschnellkocher etwas schmorte, das den schönsten Duft verbreitete. Ich schätzte diesen Herrn ja sonst nicht sehr hoch, allein in diesem Augenblicke war er mir ein lieblicher Anblick, zumal ich allerlei angenehme Eßwaren, Blechbüchsen mit konserviertem Braten und dergleichen vor ihm aufgebaut sah. Auch eine vierkantige Glasflasche mit einer rotbraunen Flüssig-

1. Berserkerdurst: see note 1, p. 29. 2. Halunkzination: a word invented by the author, combining the ideas of Halunke, scamp, rascal, and Hallucination. 3. Fata Morgana: a kind of mirage, so called because looked upon as the work of an enchantress of that name, sister of King Arthur and pupil of the magician Merlin.

keit fiel¹ mir wohltätig auf, denn ich hegte den entzückenden Verdacht, daß sie mit Portwein gefüllt sei. Ein Täßchen Bouillon aus Fleischextrakt, gewürzt mit Suppenkrautelixir, dampfte schon neben Herrn Omnia, und von Zeit zu Zeit schlürfte er behaglich davon. So saß er mitten im Nebel und in der Wildnis, umgeben von allen Schätzen des Delikatessenladens, und pflegte sich.

„Ich habe mich verlaufen," sagte ich, „und sehne mich sehr nach einem Wirtshaus, denn Hunger und Durst sind groß. Können Sie mir vielleicht den Weg oder die Richtung angeben zur alten schlesischen Baude?"

„Ich weiß ebenfalls nicht, wo ich mich befinde," sagte Omnia, „obwohl ich von der alten schlesischen Baude herkomme, um den umgekehrten Weg zu machen wie Sie. Im Nebel hat sich schon mancher verirrt, ich könnte Ihnen viele Beispiele davon erzählen. Jedoch will ich es heute unterlassen. Ich kann aber nicht umhin, Sie aufmerksam zu machen, wie übel Sie daran thaten, sich nicht mit einigem Mundvorrat zu versehen. Ich begebe mich nie auf eine Fußtour, ohne auf alle Fälle gerüstet zu sein. Denn erstens kann es so gehen wie heute, zweitens sind die Wirtshäuser oft miserabel, drittens ist man unabhängig, und viertens weiß man, was man hat."

Der Braten, köstlicher Rehrücken, war jetzt warm, Herr Omnia trank² seine Bouillon aus, nahm das Fleisch von der Flamme und setzte eine zweite Dose mit konservierten Champignons aufs Feuer, nachdem er reichlich

1. auffallen. 2. austrinken.

Butter hinzugethan hatte. Sodann, um den Appetit zu reizen, nahm er aus einer verschraubbaren Büchse zwei Ölsardinen und verzehrte sie behaglich, „Canaud," sagte er dabei, „die beste Marke!"

Wahrhaftig, diesem verhärteten Scheusal fiel' es nicht im Traume ein', mich einzuladen, und doch sah ich noch zwei geschlossene Blechbüchsen dastehen. Auf der einen stand Beefsteak, auf der anderen Hasenbraten.

Omnia verzehrte seinen Rehrücken, rührte zwischendurch in den schmorenden Champignons und trank ein Schlückchen Portwein, es war herzbrechend anzusehen. Wahrhaftig, nun verstand ich Esau und seinen dummen Handel mit dem Linsengericht. Ich war auch ein Erstgeborener, und wie gern hätte ich alle damit verbundenen Rechte heute für eine Portion Beefsteak verkauft! Aber leider war meine Erstgeburt nicht mehr wert als eine abgestempelte Groschenmarke.

„Dergleichen versteht man jetzt merkwürdig," sagte Herr Omnia, „dieser Rehbraten ist fast wie frischer."

Ich faßte mir ein Herz. „Herr Omnia," sagte ich, „würden Sie sich bereit finden lassen, mir gegen entsprechende Vergütung einiges von Ihren Vorräten abzulassen?"

„Ich treibe keinen Handel," sagte dieser und machte sich über die lecker duftenden Champignons her. Es bereitete ihm sichtbar ein teuflisches Vergnügen, mich, den er haßte und auf den er wahrscheinlich auch eifersüchtig

1. einfallen.

war, auf diese Weise zu elenden. Ich fühlte etwas von der Wut eines Werwolfes in mir aufsteigen, und kurz entschlossen¹ wendete ich mich und rannte ziellos in den Nebel hinaus, ohne viel auf den Weg zu achten.

„Ha," dachte ich, „wenn ich ein Tyrann wäre mit despotischer Macht, dann müßte ich, was ich thäte. Ein Schloß wollte ich bauen in der schönsten Gegend des Landes, ausgerüstet mit allen Bequemlichkeiten, mit herrlichen Kunstschätzen, schwellenden Polstern, himmlischen Betten, Springbrunnen von Rosenwasser und durchflutet von allen Wohlgerüchen Arabiens. Überall sanfte verborgene Musik, tanzende schöne Mädchen in leichtem Flor gehüllt, schnäbelnde Tauben und singende Nachtigallen. In dieses Schloß würde ich Herrn Omnia setzen, wohlbewacht, daß er nicht entrinnen könnte, jedoch zu essen und zu trinken bekäme er nichts als Gurkensalat und Weißbier. Ausschließlich morgens, mittags, abends, und des Sonntags, zur Abwechselung vielleicht manchmal etwas Honigkuchen und Pflaumenkompott."

Trotzdem ich in solche scheusälige Gedanken ganz vertieft war, bemerkte ich doch, daß ich plötzlich wieder einen ganz ordentlichen Weg unter den Füßen hatte; und kaum war mir das klar geworden, als der Nebel vor mir dünner wurde, gleich als würde er von der Luft eingesogen, und mit einem Male² lagen wie ein Land seliger Verheißung sonnbeglänzte Thäler und waldige Abhänge vor mir. Ich stand ganz nahe an der ziemlich steil abfallen-

1. kurz entschlossen, see entschließen. 2. see Mal.

den Almwiese, an deren unterem Ende die alte schlesische
Baude gelegen ist, und dort lief ja auch der neuangelegte
Zickzackweg, der zu ihr hinführte. Mut und Feuer kamen
wieder über mich, und mit schnellen Schritten stieg ich
eilfertig hinab, um alsbald bei Rührei mit Schinken und
bei einer bauchigen Flasche vortrefflichen Ungarweines
die ausgestandenen Strapazen zu vergessen. Ein Blick,
den ich vorher noch zur Höhe sendete, zeigte mir, daß noch
immer der ganze Gebirgskamm in ein brauendes Geschiebe dichter Wolken gehüllt war und wohl nur durch
einen glücklichen Zufall sich für mich diese Lücke geöffnet
hatte.

Über die Kukuksteine kam' ich nachher in anderthalb-
stündiger Wanderung noch vor Eintritt der Dunkelheit
in Schreiberhau wieder an[1]. Tante und Nichte saßen im
Hotelgarten, und Entsetzen zeigten ihre Züge, als sie erfuhren, daß ich Herrn Omnia im Nebel dort zurückgelassen
hatte. Die Gründe, weshalb ich, Hunger im Magen und
Groll im Herzen, von ihm geflohen war, erschienen jetzt
so lächerlich für mich, denn in der Erzählung wirkt dergleichen gewöhnlich ausschließlich komisch, daß ich sie gar
nicht mitteilen mochte. In den Augen der beiden Damen
stand ich darum nun da als ein kalter, grausamer Egoist.
Die Nichte sah mich feindselig an, und die Tante fand
mein Benehmen in dieser Angelegenheit mindestens nicht
schön. Es ward mir nicht geglaubt, als ich sagte, daß
Herrn Omnia gar nichts an meiner Teilnahme gelegen

1. ankommen.

gewesen sei und ich mich ihm doch nicht hätte aufdringen
können, und als ich dann schilderte, wie höchst behaglich
und üppig er dort zu Mittag gespeist habe, erregte das nur
Bewunderung für diesen Herrn und die unerschöpflichen
Hilfsmittel, die ihm in seiner unvergleichlichen Reiseaus-
rüstung zu Gebote standen, mir aber brachte es nicht den
geringsten Nutzen, und es kam¹ mir fast vor¹, als ob meine
Rolle bei diesen beiden guten Leuten jetzt ausgespielt sei.
So hatte mich dieser elende Schwätzer und Egoist außer
seiner schlechten Behandlung auch noch anderweitig zu
Schaden gebracht, und eine teuflische Freude würde es ihm
gewährt haben, wenn er das gewußt hätte.

Am anderen Tage war Herr Omnia ganz frisch und
munter wieder da. Er hatte, wenn auch einige Stunden
später als ich, ebenfalls den Ausweg aus dem Nebel gefunden, und da schon der Tag bereits sich neigte, war er
in die alte schlesische Baude zurückgekehrt und hatte dort
die Nacht zugebracht. Er übersah sofort die günstige Lage,
in welche dies Erlebnis ihn gebracht hatte, und benutzte
die Zeit so gut er konnte, indem er noch am selben Tage
um die Hand der Nichte, die eine Erbin war, anhielt.
Augenblicklich wartete man scheinbar in ziemlich ängst-
licher Stimmung auf die Entscheidung der Mutter, der
sofort die ganze Angelegenheit brieflich mitgeteilt worden
war. Dies erfuhr ich am folgenden Tage von einem
anderen Tischgast, den man in die Sache eingeweiht hatte.
Schreiberhau war plötzlich ohne Reiz für mich. Ich packte

1. vorkommen.

meine Sachen, nahm mir einen Wagen und fuhr über die Grenze nach Böhmen, um dort den Rest meines Urlaubes zu verbringen und meinen Gram mit Backhühnern und rotem Ofener zu bekämpfen.

V.

Ich hatte Herrn Omnia schon vergessen, wenigstens lange Zeit nicht an ihn gedacht, als mir etwa nach fünf Jahren meine Wirtin eine Karte überreichte, die ein Versicherungsagent, der mich einzufangen gedachte, zurückgelassen hatte. Der Name dieses Agenten war Adalbert Schermäusel, und man wird sich erinnern, daß dies der eigentliche Name des Herrn Omnia war. Mein Groll war unterdessen verflogen, und mich plagte die Neugier ganz außerordentlich, zu sehen, was aus ihm geworden und wie es mit seiner Heirat ausgeschlagen war, und ich beschloß, ehe er seinen Besuch wiederholen konnte, ihn in seiner Häuslichkeit aufzusuchen, denn seine Adresse war auf der Karte angegeben. Er wohnte in einer der neuen Straßen in der Nähe des Zoologischen Gartens.

Als ich mit der Pferdebahn dort hinfuhr, saß mir gegenüber eine alte Dame, die sofort anfing, einen geradezu dämonischen Reiz auf mich auszuüben. Niemals in meinem Leben hatte ich den Ausdruck des absolut Bösen in einem Gesichte so ausgesprochen gefunden. Zwei harte braungelbe Augen schauten unruhig aus tiefliegenden Höhlen hervor wie spähende Wölfe, und um den schlaffen, etwas großen Mund zuckte es fortwährend wie von unterdrückter Tollwut. Sie saß da, als erwarte sie von allen Seiten Angriff und Beleidigung und sei bereit, diese aus ihrem reichen Vorrat von Gift mit Zinsen zurückzugeben. Wenn die Augen ein Spiegel der Seele sind, so sagten diese Augen, daß in dieser Seele keine Gnade wohne, und wenn in den Adern dieses Weibes nicht Rattengift floß, so ahne ich nicht, was es sonst hätte sein können. Ich wußte nun mit einemmal haarscharf und ganz genau, wie des Teufels Großmutter aussieht, wenn sie auf Erden kleine Besorgungen zu machen hat.

Es stieg[1] ein Ehepaar aus dem Handwerkerstande ein[1] mit einem kleinen hübschen Mädchen von etwa drei Jahren. Das Kind und die bescheiden und nett aussehende Frau kamen neben der Dame zu sitzen, der Mann ihnen gegenüber. Alsbald musterte das furchtbare Weib das niedliche kleine Mädchen von der Seite mit einem wahren Menschenfresserblick, als dächte sie darüber nach, mit welcher Sauce es wohl am besten zu verzehren wäre, und als das Geschöpfchen nach Kinderart schüchtern und neugierig nun zu seiner Nachbarin emporsah, erschrak es so über diesen Blick, daß es sich ängstlich an seine Mutter schmiegte. Dabei kamen aber seine Füßchen mit dem Kleide der alten Dame in Berührung, und nun hätte man sehen müssen, mit welch einer Gebärde wütenden Ab-

1. einsteigen.

scheues diese die Falten des Kleides zusammenraffte, um es vor dieser Berührung zu retten. Alsbald sagte sie mit einer widrigen, durchdringenden Stimme, ohne jemand dabei anzusehen: „Wenn unerzogene Kinder mit schmutzigen Füßen in die Pferdebahn mitgenommen werden, so hat die Person, die sie zu beaufsichtigen hat, darauf zu achten, daß solche Geschöpfe nicht absichtlich ihre unreinlichen Stiefeln an den teuren Kleidern anderer Leute abwischen."

Wie sie das Wort „Person" aussprach, war wirklich hörenswert. In dem Munde dieser Frau ward das Wort zu einem Gefäß bis zum Rande gefüllt mit Gift und tödlicher Beleidigung. Die arme kleine Frau ward ganz bleich vor Schreck, zog ihr Kind an sich, nahm es auf den Schoß und umschlang es schützend mit den Armen. Nebenbei waren seine kleinen unschuldigen Stiefelchen so blank und so rein wie poliertes Ebenholz. Der Mann ward ebenfalls zuerst bleich, dann aber dunkelrot, schnappte ein wenig nach Luft und blickte zornig auf die alte Dame hin, die in stiller Bosheit vor sich hinstierte. Dann kam es zum Ausbruch. „Wie können Sie sich unterstehen, hier von Person zu reden?" sagte er mit einer Stimme, die vor Zorn bebte. „Wenn Sie nicht eine alte kümmerliche Frau wären, dann würde ich Sie anders antworten. Verstehn Sie mir?"

Damit hielt er eine schöne breite, ausgearbeitete Grobschmiedsfaust empor und bewegte sie in bezeichnender Weise hin und her.

„Kondukteur! Kondukteur!" schrie jetzt die alte Dame mit kreischender Stimme, „setzen Sie diesen Mann aus dem Wagen, er droht mir mit Schlägen. Ich bin eine unbeschützte Frau und wehrlos gegen solche Rohheit!"

Der Schaffner, der den ganzen Vorgang beobachtet hatte, zuckte mit den Achseln.

„Ich kenne Ihren Direktor!" kreischte die Alte. „Sie werden nicht lange mehr Kondukteur sein. Ihre Nummer habe ich mir schon gemerkt. Betrunkene Leute haben Sie aus dem Wagen zu setzen!" Der brave Handwerker war kaum noch zu halten, obwohl ihm seine Frau in die Arme fiel. Doch zum Glück kam jetzt der Wagen an eine Haltestelle, wo die wütige Dame aussteigen mußte, was unter Segenswünschen der übrigen Insassen des Wagens geschah, die ich hier nicht wiederholen will, denn aus Albertis Komplimentierbuch waren sie nicht entnommen. Ich mußte hier ebenfalls den Wagen verlassen und sah die Alte vor sich hin schnaubend wie eine Dampf ablassende Lokomotive auf einen Materialwarenladen zusteuern, dessen Inhaber gerade behaglich in der Thüre stand und die Hände umeinander reibend ins Wetter guckte. Es war merkwürdig zu sehen, wie er blaß wurde und seine Hände an ihm herabsanken, als er die alte Dame zu Gesicht bekam und inne ward, daß sie seinen Laden mit ihrer Gegenwart beehren wollte. Herr Theophil Birkenstock, denn so hieß dieser Mann nach seinem Schilde, schien auch schon seine Erfahrungen gemacht zu haben.

Ich traf Herrn Adalbert Schermäusel, der ein paar

Häuser von dieser Haltestelle wohnte, zu Hause und er war sichtlich erfreut, mich wiederzusehen, wahrscheinlich aber nur, weil er mich als leichtes Opfer für seine Überredungskünste betrachtete, der Lebensversicherungsgesellschaft beizutreten, deren Agent er war. Denn alsbald begann er mit großer Zungengeläufigkeit mir die ungeheuren Vorteile auseinanderzusetzen, welche diese Gesellschaft gewähre. Ein Punkt, auf den er immer wieder zurückkam und den er als eine glanzvolle Neuerung und als einen Vorteil pries, den keine andere Gesellschaft biete, war der, daß es mir, wenn ich einige wenige Jahre die Prämie bezahlt habe, freistehe, mich auf jede mir beliebige Art umzubringen, ohne daß dies ein Grund sei, meinen Erben die ausbedungene Versicherungssumme vorzuenthalten. „Sie sind doch verheiratet?" fragte er dann. — „Nein," sagte ich, „aber Sie doch wohl?" — „Nun ja, Sie wissen ja," erwiderte er dann, und ein leichter Schatten flog über seine Züge. — „Wie geht es Ihrer werten Frau?" fragte ich. — „Gut, gut," war die etwas abwehrende Antwort, „sie ist augenblicklich bei ihrer Tante, die Sie ja auch kennen, und ihre Mutter, die bei uns lebt, hat die Güte, mir so lange die Wirtschaft zu führen."

Ich hörte jetzt draußen einen Schlüssel in der Korridorthüre drehen und sah, wie Schermäusel erblaßte. Gleich darauf öffnete sich seine Thür und zu meinem tödlichen Schrecken trat¹ mein Gegenüber aus dem Pferdebahnwagen ein¹, schnaubend vor Wut.

1. eintreten.

„Bei Birkenstock wird nie wieder etwas gekauft," schrie die alte Dame, „er ward unverschämt gegen mich, als ich seine Butter probierte und ihm auf den Kopf zusagte, es sei alles Margarine. Die Kaufleute sind alle Betrüger. Wer ist der Herr?"

Schermäusel stellte¹ mich vor¹: „Herr Abendroth, ein alter Bekannter aus Schreiberhau."

„Was haben Sie für ein Geschäft?" fragte die Alte barsch wie ein Chorschreiber aus alter Zeit.

„Ich bin Journalist," sagte ich.

„So'n² Zeitungsschreiber," sagte sie, „verdienen Sie gut in dieser Branche?"

„Soviel ich brauche!" war meine Antwort.

„Ist kein reelles Geschäft, sie sind alle Lügner. Ich kannte auch früher mal einen, der war verheiratet und hatte fünf Kinder, war ein Hungerleider und Lump und lebte von Schulden."

Das war ja eine nette alte Dame. Schermäusel wand sich wie ein Wurm, ward blaß und rot, aber schwieg.

„Ich denke, Adalbert," sagte sie dann, „es ist hohe Zeit, daß du wieder an dein Geschäft gehst. Der Herr kann dich ja bis an die Pferdebahn begleiten."

So was Deutliches war mir noch nicht vorgekommen. Ich schützte³ eine dringende Verabredung vor³ und empfahl mich schleunigst. Adalbert Schermäusel begleitete mich bis an die Thür, schaute sich scheu um, hob die

1. vorstellen. 2. so ein, see so. 3. vorschützen.

Augen zum Himmel, zog die Schultern hoch und seufzte tief. Es lag die ganze Qual eines bis auf den Tod gepeinigten Sklaven darin, der aus seinen Ketten keine Rettung sieht.

Ich hatte Mitleid mit ihm. Armer Adalbert Schermäusel! Armer Omnia, was für ein Nihil bist du geworden!

VOCABULARY.

U

abblasen (blies, geblasen), to blow off.
abends, in the evening.
Abendsonne, f., evening sun.
abfallen (fiel, gefallen), to fall away, recede.
Abfluß, m., outlet.
abgestempelt, defaced, worn.
abgrasen, to graze, scan.
abhalten (hielt, gehalten), to hold off, keep from.
Abhang, m., declivity.
abkommen, (kam, gekommen), to get away, wander off.
ablassen (ließ, gelassen), to dispose of, let one have.
abmalen, to depict, portray.
Abneigung, f., disinclination.
Absatz, m., interval.
Abscheu, m., detestation.
abschleifen (schliff, geschliffen), to wear down.
abschneiden (schnitt, geschnitten), to cut, cut off.
absichtlich, on purpose.
absolut, absolutely.
Abstecher, m., trip.
Abstufung, f., gradation.
abwärts, downwards.

Abwechselung, f., change, variety.
abwehren, to ward off; -d, deprecating.
abwischen, to wipe.
Accord, m., chord.
Achsel, f., shoulder.
achten, acht geben (gab, gegeben), to pay attention, regard.
Achtung, f., attention.
Adresse, f., address.
Ader, f., vein.
Afrikareisende, m., African exploahnen, to surmise.   [rer.
ähnlich, like; – sehen, to look like.
Ähnlichkeit, f., similarity.
Albernheit, f., nonsense.
all, all; alles was an Wohnungen, all the dwellings that, whatever dwellings.
allein, alone, only, but.
allemal, always.
allerdings, to be sure.
allerlei, all kinds of.
allgemein, general, common.
allmählich, gradually.
allzuviel, too much.
Almwiese, f., mountain meadow.
alsbald, soon, immediately.
also, so, therefore.
Amme, f., nurse.
an, to, about.

anbieten (bot, geboten), to offer.
anblasen (blies, geblasen), to start by blowing.
Anblick, m., aspect, sight.
anbrennen (brannte, gebrannt), to light.
anbringen (brachte, gebracht), to bring on, to put into operation.
Andenken, n., souvenir, remembrance.
ander, other; -s, otherwise.
anderthalb, one and a half; -st ü n ‑ d i g e r, of an hour and a half.
anderweitig, further.
anfangen (fing, gefangen), to begin.
Anfangsgrund, m., basis.
angeben (gab, gegeben), to indicate.
angeblakt, sooty.
Angedenken, n., memory.
angelegt, set up, built.
Angelegenheit, f., matter.
angemessen, suitable, fit.
angenehm, agreeable.
Angriff, m., attack.
ängstlich, anxiously.
angstvoll, anxious.
anhalten (hielt, gehalten), ask (in marriage).
ankommen (kam, gekommen), to arrive.
anlangen, to arrive.
Anleitung, f., direction.
anmutig, charming.
annehmen (nahm, genommen), to assume.
Anschauungskreis, m., circle of vision.

anschießen (schoß, geschossen), to wake by shooting.
anschließen (schloß, geschlossen), to join, attach.
anständig, proper, decent.
anstatt, – dessen, instead.
anstellen, to supply.
anstrengend, fatiguing.
Antlitz, n., countenance.
antreiben (trieb, getrieben), to drive.
antreten (trat, getreten), approach.
Antwort, f., answer.
antworten, to answer.
anwenden (wendete, gewendet), to turn, apply.
Anwesenheit, f., presence.
Anzahl, f., number, amount.
anziehen (zog, gezogen), to attract.
Anzug, m., suit of clothes.
Appetit, m., appetite.
Apotheke, f., drug store.
Arabien, n., Arabia.
Arm, m., arm.
Art, f., kind, sort, fashion.
Asphalt, m., asphalt.
Atem, m., breath.
Atom, m., atom.
Attentat, m., attack, outrage.
Auerhahn, m., woodcock; -j a g d, f., woodcock hunting.
aufbauen, to pile up.
aufbewahren, to store up, preserve.
aufbrechen (brach, gebrochen), to start.
aufdringen (drang, gedrungen), to force on, impose on.
Aufenthalt, m., stopping, stay.

auffallen (fiel, gefallen), to strike, attract attention.
aufgeben (gab, gegeben), to give up.
aufhalten (hielt, gehalten), sich, to stop.
auflauern, to lie in wait for.
auflösen, to unravel, dissolve.
aufmachen, sich, to start out.
aufmerksam, attentive; – machen, to call attention to.
aufnehmen (nahm, genommen), to take up, take (a photograph).
aufregen, to excite, disturb.
aufrecht, upright.
aufreizen, to irritate.
aufsteigen (stieg, gestiegen), to rise.
aufstellen, to put up.
aufsuchen, to look up.
auftauchen, to rise, appear.
aufthun (that, gethan), to open.
aufzeichnen, to jot down.
Auge, n., eye; -nblick, m., moment; -nbraue, f., eyebrow.
augenblicklich, at the moment.
ausbedingen (bedung, bedungen), to stipulate, agree.
ausbreiten, to spread out.
Ausbruch, m., outbreak.
ausdehnen, to stretch out.
Ausdehnung, f., extent.
Ausdruck, m., expression, emphasis.
auseinander, apart; -setzen, to give in detail, explain.
ausgearbeitet, well developed.
ausgespielt, played out.
ausgestopft, stuffed.

aushelfen (half, geholfen), to help out.
auslösen, to take out, disengage.
ausrauchen, to smoke out, finish smoking.
ausreifen, to ripen, grow up.
ausrüsten, to equip.
aussehen (sah, gesehen), to appear, look.
ausschlagen (schlug, geschlagen), to turn out.
ausschließlich, exclusively, except.
Aussicht, f., view; -spächter, m., lessee of the view.
aussprechen (sprach, gesprochen), to express, pronounce.
ausstehen (stand, gestanden), to experience, endure.
aussteigen (stieg, gestiegen), to get out.
ausstopfen, to stuff.
ausstrecken, to stretch out.
aussuchen, to seek out.
austrinken (trank, getrunken), to drink up.
ausüben, to exert.
Ausweg, m., way out.
Auswendiggelerntes, n., a speech learned by heart.
auszacken, to notch.
außer, except; -dem, in addition, besides.
Äußere, n., exterior.
äußern, to express.
außerordentlich, extraordinary.
automatisch, automatic.

B

Bach, m., brook.
Bächlein, n., rivulet.
Backe, f., cheek.
Backschisch, m., bakshish, alms.
Backhuhn, n., roast fowl.
Badenapf, m., washbowl.
bald, soon.
Barbierbecken, n., barber's basin.
barsch, rough.
Bauch, m., belly.
bauchig, fat, stout.
Baude, f., building, shop, tavern.
bauen, to build, cultivate, grow.
beachten, to regard.
beaufsichtigen, to intend.
beauftragen, to commission.
beben, to tremble.
Becher, m., cup.
Becken, n., basin.
Bedarf, m., need.
Bedauern, n., regret.
bedecken, to cover.
bedeutend, considerably.
Bedeutung, f., meaning, use.
bedienen, to make use of, help.
bedürftig, needy.
beehren, to honor.
beenden, to end.
befähigen, to enable.
befinden (befand, befunden), sich, to find one's self, be.
befragen, to ask.
Befriedigung, f., content, satisfaction.
begangen, traveled, frequented.
begeben (begab, begeben), sich, to betake one's self.

begegnen, to meet.
beginnen (begann, begonnen), to begin.
begleiten, to accompany.
Begleiter, m., attendant, escort.
beglücken, to make happy, favor.
Begriff, m., conception.
begründen, to found.
begrüßen, to greet.
behäbig, comfortable, substantial.
behaglich, comfortable, at ease, with enjoyment.
Behandlung, f., treatment.
behaupten, to maintain, assert.
beherbergen, to harbor, give shelter to.
bei, with.
Beifall, m., approval.
Bein, n., leg.
Beispiel, n., example.
beitreten (trat, getreten), to enter, join.
beizeiten, in time.
bekämpfen, to conquer.
bekannt, known, well known; -lich, as is well known, notoriously.
Bekannt-er, m., acquaintance; -schaft, f., acquaintance.
Bekleidung, f., clothing.
bekommen (bekam, bekommen), to get; zu Gesicht -, to catch sight of.
bekümmern, sich, to trouble one's self.
beladen, laden, loaded.
belehren, to teach; sich -, to get acquainted with.
beleidigen, to insult.
Beleidigung, f., insult.

Vocabulary.

beliebig, any, no matter what.
Bemäntelung, f., cloak, concealment.
Bemerkung, f., observation.
bemessen, measured.
benachbart, neighboring.
Benehmen, n., conduct.
benutzen, to make use of.
beobachten, to regard, to look at.
bequem, comfortable.
Bequemlichkeit, f., comfort.
Bereich, m., reach, compass.
bereit-en, to prepare; – finden (fand, gefunden), sich, to feel disposed; -s, already.
Berg, m., mountain; -steiger, m., mountain-climber.
berichten, to report.
Berliner, m., inhabitant of Berlin.
berühmt, famous.
berühren, to touch, move.
Berührung, f., contact.
bescheiden, modest.
beschließen (beschloß, beschlossen), to decide.
beschreiben (beschrieb, beschrieben), to describe.
Beschreibung, f., description.
besetzen, to occupy, besiege.
besichtigen, to inspect, view.
Besichtigung, f., inspection.
Besitzer, m., owner.
besitzen (besaß, besessen), to own, possess.
besonder, particular, special; -s, im -en, particularly.
besorgen, to arrange for, procure.
Besorgung, f., errand.

best, best; zum -en, on the best terms.
bestätigen, to confirm.
bestehen (bestand, bestanden), to consist.
bestellen, to order.
bestimmt, certain, definite.
Bestimmtheit, f., certainty, definiteness.
Besuch, m., visit; -er, m., visitor.
beteiligen, sich, to participate.
betrachten, to gaze at, examine, consider, view.
beträchtlich, considerable.
betragen (betrug, betragen), to amount.
betreffen (betraf, betroffen), to concern; was betrifft, as concerns.
betriebsam, industrious.
Betrüger, m., cheat.
betrunken, drunk.
Bett, n., bed.
bettelhaft, beggarly.
Beute, f., booty.
bevor, before.
bewachsen, overgrown.
bewegen, move; ist nicht zu -, cannot be induced.
Bewegung, f., motion.
Beweis, m., proof.
bewohnen, to inhabit.
bewundern, to admire.
Bewunder-er, m., admirer; -ung, f., admiration.
Bewußtsein, n., consciousness.
bezahlen, to pay.
Bezahlung, f., payment.
bezeichnen, to indicate.

bieten (bot, geboten), to offer.
Bild, n., picture; -chen, n., little pictures.
bilden, to form, constitute.
billig, cheap, easy.
Billigung, f., approbation.
bis, until; – auf, up to, except.
bischen, ein, a little, somewhat.
bitte, please.
blank, gleaming.
blasen (blies, geblasen), to blow.
blaß, pale.
blättern, to turn over the leaves.
bläulich, bluish.
Blech-büchse, f., can; -musikant, m., player on a brass instrument.
bleiben (blieb, geblieben), to remain.
bleich, pale.
Blick, m., glance.
blicken, to glance.
blödsinnig, stupid, idiotic.
Blume, f., flower; -ngründe, m., realm of flowers.
Blümchen, n., floweret, blossom.
Blüte, f., bloom, blossom; -nschimmer, m., flowery gleam.
Boden, m., floor, ground.
bodenlos, bottomless.
Böller, m., small mortar, cannon; -besitzer, m., proprietor of a mortar.
Böhmen, n., Bohemia.
böhmisch, Bohemian.
Bohnenbeet, n., bean patch.
Bonne, f., maid-servant.
bös, angry, malicious, evil.
Böse, n., evil, wickedness.

Bosheit, f., wickedness.
Bouillon, f., soup, bouillon.
Branche, f., branch, business.
Braten, n., roast.
brav, good, brave.
brauchen, to need.
brauen, to brew.
braungelb, brownish yellow.
Breite, f., breadth.
breiten, to spread.
Brief, m., letter.
brieflich, by letter.
Brille, f., spectacles.
bringen (brachte, gebracht), to bring.
Brockenblume, f., Brockenflower (named from a mountain).
brüten, to brood.
Buchdruckereibesitzer, m., owner of a printing establishment.
Büchse, f., box, case.
buchstäblich, literally.
Bude, f., booth, stall.
bürgermeisterhaft, aldermanic, like a mayor.
Büschel, m., cluster.

C

Champignon, m., mushroom.
Chaussée, f., turnpike, highroad.
Chemieprofessor, m., professor of chemistry.
Chokolade, f., chocolate.
Cigarre, f., cigar.
Corrigieren, n., correction.

D

da, there, then, since, as; -bei, there, in so doing; -durch, through it; -gegen, against it, on the other hand.
Dahinländern, n., ambling along.
dahin-schreiten (schritt, geschritten), to stride along; -schwimmen (schwamm, geschwommen), to float along.
damals, then, once.
Dämmer, m., twilight, haze.
dämmern, to grow dark.
dämonisch, demoniacal.
Dampf, m., steam; -spannung, f., steam pressure.
dampfen, to steam.
dämpfen, to quench, satisfy.
Dankbarkeit, f., gratitude.
daran, on it, in it.
darbieten (bot, geboten), to offer.
darstellen, to present, represent.
darum, therefore, for it.
darunter, among them.
dastehen (stand, gestanden), to stand there.
Dauer, f., duration; auf die -, für die -, permanently.
dazu, to it, for that, to this end, besides; noch -, especially.
Delikateffenhandlung, f., delicacy store.
denken (dachte, gedacht), to think.
denkwürdig, memorable.
denn, for.
dergleichen, such, such things.
derselbe, the same.
deshalb, therefore.
despotisch, despotic.
desselbig, the same.
dessen, whose, of it.
Destillationsprodukt, n., distillation.
deuten, to indicate, point out.
Deutschland, n., Germany.
deutlich, clearly, plain; so was Deutliches, anything so plain.
dicht, close, thick.
Dichter, m., poet.
dick, stout, thick.
Dickicht, n., thicket.
dienen, to serve.
Dienst, m., service. [modating
dienstbereit, ready to serve, accomdieser, this, the latter.
Ding, n., thing.
Direktor, m., chief.
Doktor, m., doctor.
Dom, m., cathedral.
Dorf, n., village.
Dorn, m., thorn.
dort, there.
Dose, f., small box.
draußen, outside.
drehen, to turn.
Drehorgel, f., hand-organ.
dringend, pressing.
drittens, thirdly.
drohen, to threaten.
Drucken, n., printing.
Duft, m., aroma.
duften, to have perfume.
dumm, stupid.
dunkel, dark; -rot, dark red.
Dunkelheit, f., darkness.
dünn, thin.
Dunst, m., vapor, mist; -flut, f., sea of mist.

durch, through; -bringend, penetrating; -einander bringen, to mix up; -fluten, to water, permeate; -rauschen, to rush through.
Durchmesser, m., diameter.
durchsichtig, transparent.
dürftig, scanty.
dürr, dry, lean.
Durst, m., thirst.
duseln, to stagger.
düster, melancholy.
Dutzend, n., dozen.

E

eben, even, level.
eben-falls, likewise; -so, just so.
Ebenholz, m., ebony.
Echo, n., echo.
echt, genuine, real.
Ecke, f., corner.
Egoist, m., egotist.
Ehepaar, n., married couple.
Ehrensold, m., honorarium.
Eierkuchen, m., omelette.
eifersüchtig, jealous.
eifrig, eagerly.
eigen, own, peculiar.
Eigenschaft, f., characteristic qual- [ity.
eigentlich, real, in reality.
eilfertig, quickly.
eilig, hasty, quick.
einfach, simple.
Einfall, m., idea.
einfallen (fiel, gefallen), to occur.
einfangen (fing, gefangen), to catch.
einfügen, to introduce.

Eingang, m., entrance.
eingeben (gab, gegeben), to prompt, suggest.
Eingeborene, m., native.
eingenommen sein, to be impressed by, to care for.
einige, some, a few.
einigermaßen, to some extent.
Einkehr, f., stop.
Einklang, m., unison, harmony.
einladen (lud, geladen), to invite.
einmachen, store up, preserve.
einmal, once.
Einöde, f., solitude, desert.
einquartieren, to quarter, take quarters.
einrichten, to set up, arrange.
Einrichtung, f., arrangement.
einrücken, to move or march in.
einsam, lonely.
Einsamkeit, f., loneliness.
einsaugen (sog, gesogen), to suck up.
einschenken, to pour out.
einschiffen, to embark.
einschläfern, to put to sleep, quiet.
einschlagen (schlug, geschlagen), to strike into, adopt.
einsetzen, to start up.
Einspänner, m., a one-horse vehicle.
einsperren, to shut in.
einst, once.
einsteigen (stieg, gestiegen), to get in.
einstig, former, future. [in.
eintragen (trug, getragen), to bring in, earn.
eintreten (trat, getreten), to enter, occur.

Vocabulary. 61

Eintritt, m., entering, approach; -sgeld, n., admission fee.
Einwand, m., interruption, objection.
einweihen, to initiate.
Einwohner, m., inhabitant; -zahl, f., population.
Einwurf, m., interjection, interruption.
einzeln, single.
einzig, only, solely.
Eisbär, m., polar bear.
eisern, iron.
elend, miserable.
elenden, to make miserable.
empfehlen (empfahl, empfohlen), sich, to take leave.
empor, up, upwards; -sehen (sah, gesehen), to look up.
emsig, industriously.
eng, narrow.
englisch, English; -es Pflaster, n., court-plaster.
end-lich, finally; -los, endless.
entdecken, to discover.
Entdeckung, f., discovery; -sreise, f., voyage of discovery.
entfernt, distant, distantly.
Entfernung, f., distance.
entgegenkommen (kam, gekommen), to come towards.
entlegen, distant.
entlocken, to entice, charm.
entnehmen (entnahm, entnommen), to take from.
entrichten, to hand out, pay.
entrinnen (entrann, entronnen), to escape.
entsagen, to deny one's self, renounce.

entschließen (entschloß, entschlossen), to resolve, decide; kurz entschlossen, with a sudden decision.
Entscheidung, f., decision.
entschwinden (entschwand, entschwunden), to disappear.
entsetzen, sich, to be afraid, horrified.
Entsetzen, n., horror.
entsprechend, fitting, corresponding.
Enttäuschung, f., disappointment.
Entzücken, n., delight.
entzücken, to delight; -d, charming, delightful.
Erb-e, m., heir; -in, f., heiress.
erblassen, to grow pale.
erblicken, to catch sight of.
Erbsenbeet, n., patch of peas.
Erde, f., earth.
erfahren (erfuhr, erfahren), to learn.
Erfahrung, f., experience.
erfreu-en, to please, delight; -t, pleased.
erfüllen, to fill.
ergötzen, sich, to enjoy, revel in.
Ergötzung, f., enjoyment.
ergreifen (ergriff, ergriffen), to seize.
erhaben, majestic.
Erhabenheit, f., sublimity, grandeur.
erhalten (erhielt, erhalten), to receive.
erheben (erhob, erhoben), to raise.
erheitern, to amuse.
Ereignis, n., event.

erinnern, ſich, to remember.
Erinnerung, f., recollection, memory.
erkaufen, to purchase.
erkennen (erkannte, erkannt), to recognize.
erklären, to explain. [sound.
erklingen (erklang, erklungen), to
erläutern, to explain, illustrate.
Erläuterung, f., explanation, disquisition.
Erlebnis, n., experience, occurrence.
Erleichterung, f., relief.
ernähren, to support.
ernten, to gather, earn.
erregen, to arouse.
erreichen, to reach, obtain.
erſcheinen (erſchien, erſchienen), to seem, appear.
erſchrecken (erſchrak, erſchrocken), to be frightened.
erſchüttern, to shake.
Erſchütterung, f., concussion, shaking.
erſichtlich, apparent.
erſparen, to spare, reserve.
erſt, first; -ens, in the first place.
Erſtarrung, f., numbness; in -verſetzen, to stiffen, chill.
erſtehen (erſtand, erſtanden), to purchase.
erſterben (erſtarb, erſtorben), to die away.
Erſt-geborene, m., first-born; -geburt, f., position of first-born.
erſtrecken, ſich, to stretch out.
ertappen, to surprise, catch.
erwähnen, to mention.
erwarten, expect.
erweitern, to extend.
erwerben, to acquire.
erwidern, to reply.
erzählen, to relate, tell.
Erzählung, f., telling.
eſſen (aß, gegeſſen), to eat.
Eßware, f., eatables.
etwa, about, perhaps; - ſo, somewhat as follows.
etwas, something, anything; ſo - von Ähnlichkeit, such a resemblance.
Exemplar, n., copy, example, specimen.
ewig, everlasting, eternally.
Extra-glas, n., extra glass; -kabinett, n., side-show.

F

fahren (fuhr, gefahren), to go, travel, drive, jump.
Fahrt, f., journey, trip.
Fall, m., case.
fallen (fiel, gefallen), to fall.
Falte, f., fold.
Farbe, f., color.
farbig, colored.
faſſen, to take.
faſt, almost.
Feder, f., pen.
fehlen, to be missing.
feierlich, solemn.
fein, fine, delicate.
feiern, to celebrate.
feindſelig, hostile.
Feld, n., field; -blume, f., wild flower; -ſtuhl, m., campstool.

Vocabulary. 63

Fels-block, m., bowlder, piece of rock; -en, m., rock; -enbildung, f., rock formation; -schlucht, f., rocky ravine; -enstadt, f., mountain town; -gestalt, f., rock-form.
Fenster, n., window.
fern, far; -er, besides, further.
Ferne, f., distance.
Fern-rohr, n., telescope; -sprecher, m., telephone.
fertig, complete, ready.
fest, firmly, tight.
Fett, n., fat.
feuerrot, fiery red.
Fichte, f., pine.
Figur, f., figure.
finden (fand, gefunden), to find.
Fischerin, f., fisherwoman.
Fläschchen, n., flask.
Fleck, m., spot, place.
Fleisch, n., meat; -extrakt, n., meat extract.
fleißig, industrious.
Fliederfarbe, f., lilac tint.
fliehen (floh, geflohen), to flee.
fließen (floß, geflossen), to flow.
Flor, m., blossom.
Flügel, m., wing.
Fluß, m., river.
Flüssigkeit, f., liquid.
Flut, f., flood.
folgen, to follow.
fort, away; -fahren (fuhr, gefahren), to continue; -laufen (lief, gelaufen), to run away; -während, continual, continually; -zaubern, to charm away.

Frage, f., question.
fragen, to ask.
Frau, f., wife, woman, lady.
freistehen (stand, gestanden), to be at liberty.
freiwillig, voluntary.
Fremde, m., stranger.
fressen (fraß, gefressen), to devour (of animals).
freundlich, friendly, hearty.
frisch, fresh.
fröhlich, happy, gay.
Frucht, f., fruit.
früh, early; -er, heretofore.
Frühe, f., early morning.
führen, to lead, take, carry on.
Führer, m., guide.
Fülle, f., fullness, full supply, rotundity.
füllen, to fill.
fünfunddreißig, thirty-five.
furchtbar, fearful, terribly.
fürchterlich, fearful.
Fuß, m., foot.
Füßchen, n., little foot.
füttern, to feed.

G

Gabe, f., gift.
Gackern, n., clucking.
galgenhumoristisch, grimly humorous.
Gang, m., path.
ganz, whole, quite, very; - und gar, altogether.
gar nicht, not at all.
Gartenveranda, f., porch, summerhouse.

Gaſt, m., guest; -haus, n., inn; -zimmer, n., guest-room, public room.
Gaul, m., nag.
Geballer, n., roar.
Gebärde, f., gesture.
Gebelaune, f., generous mood.
geben (gab, gegeben), to give; einem recht -, to admit one to be in the right; es giebt, there is, there are.
Gebirg-e, n., mountains; -sfahrt, f., mountain trip; -kamm, m., mountain ridge.
Gebot, n., bidding; zu - ſtehen, to be at command.
Gebratene, n., roast meat.
Gebrauch, m., use.
gebräuchlich, customary.
gebräunt, burned.
Gedächtnis, n., memory.
Gedanke, m., thought.
gedankenvoll, thoughtful.
gedenken (gedachte, gedacht), to think of.
gedeihen (gedieh, gediehen), to thrive.
Gedicht, n., poem, song.
gedrechſelt, elaborate.
Gefährte, m., companion.
Gefäß, n., vessel.
Gefühl, n., feeling.
gegen, against, in return for, on.
Gegend, f., district.
Gegen-gabe, f., return; -ſtand, m., object, topic.
gegenüber, opposite; -liegend, lying opposite.
Gegenwart, f., presence.

geheimnisvoll, secret, mysterious.
Geheim-fach, n., secret receptacle; -rat, m., privy counsellor.
gehen (ging, gegangen), to go.
Gehöft, n., farm, farm-yard.
gehör-en, to belong to; -ig, belonging to, proper.
Geiſt, m., mind, spirit; -eskraft, f., faculty; -reichigkeit, f., witticism, clever saying.
geiſt-erhaft, ghostly; -ig, intellectual.
gelangen, to attain, get.
Geläufigkeit, f., skill, quickness.
Geld, n., money.
gelegen, situated, lying, of importance.
Gelegenheit, f., opportunity.
gelegentlich, on one occasion, incidentally.
Gelehrſamkeit, f., learning, scholarship.
Gelehrte, m., scholar.
Gelichter, n., gang, set.
gelingen (gelang, gelungen, used in third person only, with dative), to succeed.
gelten (galt, gegolten), to be worth, apply.
gemein, low, mean.
gemeſſen, precise, formal.
Gemüt, n., spirit; -sart, f., temperament.
gemütlich, pleasant.
Gnade, f., mercy.
genannt, named.
genau, exactly.
geneigt, inclined, gracious, kind.
Genick, n., nape of the neck.

Vocabulary.

genießen (genoß, genossen), to enjoy, eat.
genug, enough.
genügend, satisfying, sufficient.
genügsam, sufficiently.
Genuß, m., enjoyment.
gepeinigt, tormented.
gerade, exactly, just; -aus, straight on; -zu, out and out, truly.
Geräte, n., implements.
geraten (geriet, geraten), to chance, happen upon.
geräumig, broad, expansive.
geräuschvoll, noisy.
gerecht, real, proper.
Geriesel, n., rippling.
gering, little, small.
gern, gladly: with a verb, to like to.
Geschäft, n., business; -sverbindung, f., business relation.
geschehen (geschah, geschehen), to happen.
Geschenk, n., present.
Geschichte, f., story.
Geschicklichkeit, f., skill.
Geschiebe, n., crush.
Geschöpf, n., creature; -chen, n., little creature.
Geschwindigkeit, f., quickness.
Gesell, m., companion; -schaft, f., company.
Gesicht, n., sight, face.
Gespenst, n., ghost.
Gespräch, n., conversation.
Gestalt, f., shape.
gestalten, to shape.
gestatten, to permit.

gestehen (gestand, gestanden), to admit.
Gesundheit, f., good health.
Getöse, n., noise.
gewähren, to grant, furnish.
Gewalt, f., force.
gewaltig, powerful, mighty.
gewinnen (gewann, gewonnen), to win, gain.
gewiß, certain.
gewissenhaft, conscientious.
gewissermaßen, in a way.
Gewohnheit, f., custom; -stagedieb, m., constitutional idler.
gewöhnlich, usual, ordinary.
gewöhnt, accustomed.
gewürzt, spiced.
gießen (goß, gegossen), to pour.
Gift, n., poison.
giftig, poisonous, venomous.
Gipfel, m., summit.
glanzvoll, brilliant.
glänzen, to gleam.
Gläschen, n., little glass.
Gläserklingen, n., tinkling of glasses.
Glaskasten, m., glass case.
glatt, smooth.
glauben, to believe.
gleich, like, equal, at once; -gültig, indifferent, unimportant; -mütig, calmly.
Gletscher, m., glacier; -schliff, n., rock polished by glaciers.
Glück, n., fortune; zum -, fortuglücklich, happy, fortunate. [nately.
Gnade, f., mercy.
golden, golden.
Göttin, f., goddess.

Grad, m., degree.
Gram, m., vexation.
Grashalm, m., blade of grass.
Gräßlich, horrible, ghastly.
grau, gray.
grausam, painful, cruel.
grausig, dreadful.
gravitätisch, gravely, solemnly.
greifen (griff, gegriffen), to seize, feel.
Greis, m., old man.
Grenze, f., border.
Grenel, m., abomination.
Grobschmiedefaust, f., blacksmith's fist.
Groll, m., rancor.
grollen, to grumble.
Groschenmarke, f., farthing piece.
groschenweise, by pennyworths.
Großstädter, m., inhabitant of a large town.
Grübeln, n., melancholy meditation.
Grund, m., ground, reason.
grünen, to grow or be green.
Gruppe, f., group.
Gruß, m., greeting.
gucken, to look.
Gurke, f., cucumber; -nsalat, m., cucumber salad.
günstig, favorable.
gut, good, well, all right; zu gute kommen, to be of benefit.
Güte, f., kindness.
Gut, n., estate; -sbesitzer, m., landowner.
Gutmütigkeit, f., good-heartedness.

H

haarscharf, to a hair.
habhaft werden, (with Gen.), to get possession of.
Hab mich lieb, name of a flower.
Hadern, n., wrangling.
Halbbildung, f., half-culture.
halbverdaut, half-digested.
hallen, to resound.
halten (hielt, gehalten), to hold.
Haltestelle, f., stopping-place.
Hals, m., throat.
Hand, f., hand; auf seine eigne -, on his own account.
Handel, m., trade, performance.
handgreiflich, obvious.
Handwerker, m., artisan; -stand, m., laboring class.
Harfe, f., harp; -ngesumme, n., notes of a harp.
harmlos, innocent.
harmonisch, harmonious.
hart, hard.
Hartnäckigkeit, f., obstinacy.
Harz, n., a mountain range.
Hase, m., hare; -nbraten, m., roast hare.
hassen, to hate.
häßlich, hateful, ugly.
Haupt, n., head; -straße, f., main road, highway; -verdienst, m., chief merit.
hauptsächlich, principally.
Häuschen, n., little house.
Häuslichkeit, f., home.
Haut, f., skin.
heben (hob, gehoben), to lift, raise.
Heft, n., handle.

hegen, to cherish, entertain.
Heil, n., safety, luck.
heilig, holy.
heim-isch, native; -lich, secretly.
Heirat, f., marriage.
heiß, hot.
heißen (hieß, geheißen), to be called, named.
helfen (half, geholfen), to help.
hell, bright, clear.
herabsinken (sank, gesunken), to sink down.
heran, to, towards.
herauf, up.
heraus-fahren (fuhr, gefahren), to break out; -kommen (kam, gekommen), to get out; -lesen (las, gelesen), to pick out, read out; -stellen, sich, to appear; -ziehen (zog, gezogen), to pull out, produce.
herbeischweben, to float along.
herdenweise, in herds.
Hering, m., herring.
herklingen (klang, geklungen), to sound.
herleiern, to grind out.
Herr, m., gentleman, sir, Mr.
herrlich, splendid, fine.
herrschend, prevailing.
herstellen, to establish, restore.
herum-duseln, to wander about; -tragen (trug, getragen), to carry around.
herunter, down.
hervor-bringen (brachte, gebracht), to bring out, produce; -kommen (kam, gekommen), to come out; -holen, to produce;

-schauen, to gaze out; -schimmern, to gleam out; -ziehen (zog, gezogen), to draw out, produce.
herz-brechend, heartbreaking; -zerreißend, heartrending.
Heu, n., hay.
heuer, in this season.
hierzulande, hereabouts.
Hilfsmittel, n., remedy.
Himmel, m., heaven.
himmlisch, heavenly.
hin und her, back and forth.
hinab-duseln, to stagger down; -gießen (goß, gegossen), to pour down; -schimmern, to glisten; -steigen (stieg, gestiegen), to descend.
hinauftänzeln, to prance up.
hin-blicken, to look over towards; -deuten, to point to; -fahren (fuhr, gefahren), to ride out; -führen, to lead to; -geben (gab, gegeben), to give over, yield; -stieren, to glare, stare.
hineintauchen, to plunge into.
Hinsicht, f., point of view, regard.
hinter, behind; -einander, one after the other; -her, afterwards.
hinübergehen (ging, gegangen), to go over.
hinzu-schreiten (schritt, geschritten), to stride toward; -thun, to add.
Hirschtalg, m., deer grease.
hoch-bepackt, heavily loaded; -erfreut, highly pleased.
Hochgebirg-e, n., high chain of

mountains; -fahrt, f., mountain tramp; -pflanze, f., mountain plant; -wiefe, f., highland meadow.
Hoffnung, f., hope.
Höhe, f., height.
Höhle, f., cavern.
holprig, rough.
Holz, m., wood; -tiſch, m., wooden table; -ware, f., woodenware; -warenhändler, m., woodenware peddler.
Honigkuchen, m., gingerbread; -wabe, f., honeycomb.
honigſüß, honeyed.
honorieren, to pay, fee.
hörenswert, worth hearing.
Horizont, m., horizon.
hübſch, pretty, nice.
Hügel, m., hill.
Huhn, n., hen.
Hühnerzucht, f., chicken-raising.
hüllen, to veil, wrap.
humorvoll, humorous.
Hungerleider, m., starveling.
Hut, m., hat. [miser.
Hut, f., protection, shelter.
Hypothek, f., mortgage.

J

ignorieren, to ignore.
immer, always, ever.
indem, while.
Induſtrie, f., industry.
infolgedeſſen, in consequence.
Inhaber, m. possessor.
inne werden, to become conscious of.

innerhalb, inside of.
Inſaß, m., passenger.
Inſchrift, f., inscription, sign.
Inſtrument, n., instrument.
irgend, any, at all; -wo, somewhere, anywhere.
Irrtum, m., mistake.
Iſerkamm, n., crest of the Iser.

J

Jagdtag, m., hunting-day.
Jäger, m., hunter.
Jahr, n., year.
Jammerthal, n., vale of sorrows.
jammervoll, sorrowful, woeful.
jawohl, certainly.
je, ever.
jedermann, everybody.
jedoch, however.
jeglich, every, each.
Jubiläum, n., jubilee.
Jugend, f., youth.
Julihiße, f., July heat.
Junge, m., youngster, boy.
Juninacht, f., June night.

K

Kahn, m., boat; -fahrt, f., sail, row.
kaiſerlich, imperial.
kalt, cold.
Kampf, m., fight, contest.
Kamm, m., crest, ridge; -ſtraße, f., -weg, m., ridge road.
Kaninchen, n., rabbit.
Kanzleiregiſtrator, m., chancery recorder.

Vocabulary. 69

kauen, to chew.
Kaufleute, m., tradesmen.
kaum, scarcely.
kein, no, none.
Kellner, m., waiter.
kennen (kannte, gekannt), to know.
kenntlich, discernible, plain.
Kenntnis, f., information.
keuchen, to pant.
Kette, f., chain.
Kiefer, f., pine-tree.
Kilometer, m., kilometer, (about ⅝ mile).
Kind, n., child; -erart, f., child-fashion.
Kirchturm, church-steeple.
klagen, to complain.
Klang, m., sound.
klappen, to open and shut.
klar, clear.
Klarinette, f., clarionet.
Kleid, n., dress.
Kleidung, f., clothing.
klettern, to climb.
Klettern, n., climbing.
Klinge, f., blade.
klingen (klang, geklungen), to sound.
Klopfen, n., knocking.
klug, clever.
Knall, m., report.
Knopf, m., knob, head.
Koffer, m., trunk.
Kohl, m., cabbage; -kopf, m., head of cabbage.
komisch, comical. [come.
kommen (kam, gekommen), to
Kondukteur, m., conductor.
königlich, royal.

konservieren, to preserve.
Kopf, m., head; auf den - zu-sagte, told him to his face.
Koppe, f., peak, summit.
Korb, m., basket.
Korridorthür, f., hall-door.
kosten, to cost.
Kosten, n., cost.
kostenlos, without cost.
köstlich, delicious.
kostspielig, expensive.
Kraft, f., strength, might.
kraus, curly, crisp.
Kreide, f., chalk; -formation, f., chalk formation.
Kreis, m., circle.
kreischen, to screech.
kriegerisch, warlike.
Krippe, f., crib, manger.
kritzen, to scratch.
Kropf, m., crop.
Krummholz, n., dwarf timber; -kiefer, f., dwarf pine.
Kufe, f., tub.
kühl, cool.
Kukuksteine, m., Cuckoo Stones.
Kulturfortschritt, m., progress of civilization.
kümmerlich, wretched.
Kunst, f., art; -griff, m., trick; -schatz, m., artistic treasure; -sinn, m., artistic feeling.
Künstler, m., artist.
künstlich, artificial.
kurbeln, to turn, grind.
kurz, short; den kürzeren ziehen, to take second place.
Küste, f., coast.
Kutscher, m., coachman.

L

labyrinthisch, labyrinthine
Lache, f., pool.
lächeln, to smile.
Lächeln, n., smile.
lachen, to laugh.
lächerlich, laughable, ridiculous.
Laden, m., shop.
Lage, f., situation.
lagern, sich, to camp.
Laichzeit, f., spawning-time.
Länge, f., length, distance.
Landhaus, n., country-house.
länglich, rather long.
langsam, slow.
längst, for a long time; long ago.
langweilig, tedious.
lassen (ließ, gelassen), to let, can.
lasurblau, azure.
Laterne, f., lantern.
Lauf, m., course.
Laune, f., frame of mind.
lauschen, to listen intently.
lauten, to sound, run, read.
leben, to live.
Leben, n., life; -versicherungsgesellschaft, f., life insurance company.
lecker, dainty.
legen, to lay, allay.
Lehm, m., clay.
Lehne, f., back of a seat.
lehrreich, instructive.
leibhaftig, incarnate.
leicht, easily.
Leidenschaft, f., passion.
leider, unfortunately.
leise, low, soft.
leisten, to render, accomplish.
Leitung, f., guidance.
lesen (las, gelesen), to read.
Leser, m., reader.
letzt, last.
leuchten, to gleam.
Leute, pl., people.
Licht, n., light.
lieb, dear; sah mir die Berge am liebsten von unten an, preferred to look at the mountains from below.
liebevoll, lovingly.
lieblich, sweetly, welcome, delightful.
Lied, n., song.
liegen (lag, gelegen), to lie.
links ab, to the left.
Linsengericht, n., mess of pottage.
Liqueur, m., liqueur.
loben, to praise.
löblich, laudable.
Loch, n., hole.
Los, n., lot.
loslassen (ließ, gelassen), to let or turn loose.
Lücke, f., gap. [air.
Luft, f., air; -zug, m., current of
Lüg-e, f., lie; -ner, m., liar.
Lump, m., ragamuffin, scamp.
Lupe, f., microscope.
lustig, merry.
Lustzelt, n., canopy.

M

machen, to make, do.
Macht, f., might, violence.
Mädchen, n., girl.

Vocabulary. 71

Magen, m., stomach.
Mal, n., time; mit einemmale, all at once.
manch, some, many; -mal, sometimes, often.
Mangel, m., want, deficiency.
Manier, f., manner.
männlich, male.
Margarin, n., margarine.
Mark, f., a coin = 25 cents.
Marke, f., brand.
Märtyrertum, n., martyrdom.
Materialwarenladen, m., grocery, produce shop.
Matrone, f., matron.
Mauer, f., wall.
Maultier, n., mule.
Mediziner, m., medical man.
Meer, n., sea.
Megäre, f., Fury.
mehrfach, repeatedly.
Meilenfresser, m., mile-eater.
meinen, to be of the opinion, think, say.
meinig, mine.
meistens, for the most part.
Mensch, m., human being, man, fellow.
Menschen-fresser, m., cannibal, -fresserblick, m., look of a cannibal; -fammlung, f., human collection; -größe, f., human size; -fchmalz, n., human flesh; -wohnung, f., human habitation.
menschlich, human. [ably.
merk-en, to notice; -lich, noticemerkwürdig, remarkable; -erweise, notably, curiously.

Merkwürdigkeit, f., curiosity, strangeness.
Messer, m., knife.
messen (maß, gemessen), to measure.
metallisch, metallic.
Meter, m., meter (about 39 inches).
Miene, f., look, expression.
mind-er, less; -estens, at least.
mißvergnügt, displeased.
miteinander, with each other.
Mitglied, n., member.
Mitleid, n., compassion.
mitnehmen (nahm, genommen), to take along.
mitsamt, together with.
Mittag, m., noon.
mitteil-en, to inform; -sam, communicative.
Mittelmeer, m., Mediterranean.
mitten in, in the midst of.
mittlerweile, in the meantime.
mögen, to desire, may; ich möchte gern, I should like very much; dieser möge also nicht vergessen, the latter will therefore have the goodness not to forget.
möglich, possible.
Mönch, m., monk.
Mond, m., moon.
Moosdecke, f., moss-covering.
morgens, in the morning.
müde, weary.
Müdigkeit, f., weariness.
Mühe, f., pains.
Mund, m., mouth; -vorrat, m., provisions.
munter, cheerful.

Muskel, f., muscle.
mustern, to sample.
Musterung, f., review.
Mut, m., courage.

N

Nachbarin, f., neighbor.
nachdem, after.
nachdenken (dachte, gedacht), to ponder, consider.
nachfragen, to enquire.
nachher, afterwards.
nächst, next; -ens, very soon.
Nachtigall, f., nightingale.
nackt, naked.
nahe, near; – kommen (kam, gekommen), to approach.
Nähe, f., vicinity.
nähern, sich, to approach.
Nahrung, f., support, food.
Nähzeug, n., sewing materials.
Name, m., name.
nämlich, namely, that is to say.
Napf, m., bowl. [for.
naß, wet.
Nase, f., nose.
Näschen, n., little nose.
Natur-einrichtung, f., contrivance of nature; -schauspiel, n., spectacle.
natürlich, naturally, of course.
Nebel, m., fog, mist; -meer, n., sea of mist; -welt, f., world of mist; -wüste, f., desert of mist.
neben, near; -bei, in addition.
Nebenzimmer, n., next room.

neblich, foggy.
nebst, together with.
Neger, m., negro.
nehmen (nahm, genommen), to take.
neigen, sich, to fall, close.
nennen (nannte, genannt), to call, name.
nesteln, to fumble.
nett, neat, nice.
neu, new; auf's neue, anew.
Neu-erung, f., innovation; -gier, f., inquisitiveness.
neugierig, inquisitive.
nicht, not; gar –, not at all.
Nichte, f., niece.
nichts, nothing, not at all.
niedlich, pretty, charming.
nied-er, lower; -rig, low.
nie, niemals, never.
niemand, no one.
Nihil (Lat.), nothing.
Nippsache, f., trinket, nicknack.
nirgendwo, nowhere.
Not, f., need, necessity.
Nu, n., instant.
Nummer, f., number.
nur, only, just.
Nutzen, m., profit.
nützen, to be of use.
nutzlos, useless.

O

ob, if, whether.
ober-flächlich, superficial; -halb, up, above.
Oberhand, f., upper hand.
Obstbaum, m., fruit tree.

obwohl, although.
Ocean, m., ocean.
Ofen, m., stove.
Ofener, m., a wine.
offen, frankly; -bar, clearly, evidently.
öffnen, to open.
ohne, without; – gleichen, without parallel, unequalled.
Ohnmacht, f., fainting, weakness; in – fallen, to swoon.
Öl, n., oil; -sardinen, f., canned sardines.
Omnia (Lat.), everything.
Opfer, n., sacrifice.
opfern, n., to sacrifice, offer.
Orchidee, f., orchid.
ordentlich, really, thoroughly, decent, fair.
ordnen, to arrange.
Orgeldreher, m., organ-grinder.
originell, original.
Originalmensch, m., original character.
Ort, m., place.

P

paar, ein, a few.
Pächter, m., farmer.
pantomimisch, by gestures.
Papagei, m., parrot.
Pause, f., pause.
pedantisch, pedantic.
peinigen, to torment.
persönlich, personally.
Pessimismus, m., pessimism.
Pfad, m., path.
pfadartig, like a path.

Pfeife, f., pipe.
Pferd, n., horse; -bahn, f., horse railroad; -bahnwagen, m., horse-car; -kopf, m., horse's head.
pfiffig, active, shrewd.
Pflaster, n., plaster; -stein, m., paving-stone.
Pflaumenkompott, n., plum jam.
pflegen, to take care, enjoy, pamper.
Pfuhl, m., pool, pond.
Philolog, m., philologist.
plagen, to worry.
Plaid, m., traveling shawl, rug.
planlos, without plan.
Plätschern, n., splashing.
Platz, m., place.
plötzlich, suddenly.
polieren, to polish.
Polster, n., cushion.
Portans (Lat.), carrying.
Portemonnaie, n., portmonnaie, pocketbook.
Prämie, f., premium.
Präsentierteller, m., waiter, salver.
Predigt, f., sermon.
Preis, m., price; -abstufung, f., gradation of price.
preisen, to praise, extol.
privilegiert, privileged, authorized.
Probe, f., illustration, example.
probieren, to test.
prüfen, to test.
Punkt, m., point, spot.
Pünktlichkeit, f., punctuality.
punktieren, to dot.

Q

Quaderſandſtein, m., freestone, sandstone.
Qual, f., vexation.
quälen, to torment.
Quarta, f., fourth class of a school.
Quell-e, f., spring; -gerieſel, n., rippling of springs; -nixe, f., fountain nymph.
quellig, full of springs.
querüber, straight across.
Quinta, f., fifth class of a school.

R

ragen, to jut out.
Rand, rim, edge.
ranken, to twine, creep.
Rattengift, n., rat venom.
Raubvogel, m., bird of prey.
Rauch, m., smoke.
Rauſchen, rustling, roaring.
Rebhuhn, n., partridge.
Recht, n., right; – geben, to agree with.
Redakteur, m., editor.
Rede, f., speech, discourse.
reden, to talk.
Redensart, f., expression, phrase.
reel, real.
Rehrücken, haunch of venison.
Reibung, f., friction.
reichen, to reach.
reichlich, richly, abundantly.
Reichtum, m., wealth, abundance.
rein, clean.

Reiſe, f., journey; -ausrüſtung, f., traveling outfit; -gefährte, m., -genoſſe, m., traveling companion; -plan, m., traveling plan.
reiſen, to travel.
Reiſende, m., traveler.
Reitpferd, n., riding horse.
Reiz, m., charm.
rennen (rannte, gerannt), to run.
Reſt, m., remainder.
retten, to rescue.
Rettung, f., rescue.
richten, to turn, address.
Richtung, f., direction.
Riechfläſchchen, n., smelling flask.
rieſeln, to ripple, trickle.
Rieſengebirge, n., Giant Mountains.
Rieſeln, n., rippling.
rieſengroß, rieſig, gigantic.
rings, -herum, -um, round about.
Ritt-er, m., knight; -pferd, n., saddle-horse.
Rohheit, f., brutality.
Rolle, f., rôle.
rollen, to roll.
Roman, m., novel, tale.
roſig, rosy.
rotnaſig, red-nosed.
Rübe, f., turnip, beet; -nbau, m., beet industry.
Ruck, m., jolt.
rückwärts, backward.
Rück-ſicht, f., regard; -marſch, m., -weg, m., return, way back.
Ruf, m., call.
ruhen, to rest.
rufen (rief, gerufen), to call.

Rühreier, n., scrambled eggs.
rühren, to stir.
Rührung, f., emotion.
rund, round.
rüften, to equip.

S

Sache, f., thing, affair.
Sachse, m., Saxon; -n, n., Saxony.
sagenhaft, fabulous.
salbungsvoll, soothing.
sammeln, to collect.
Sammlung, f., collection.
sämtlich, all, altogether.
sanft, tender, quiet.
sauber, orderly, clean, properly.
Säuseln, n., whisper (of trees).
Schade, m., harm, pity.
schaffen (schuf, geschaffen), to produce.
Schaffner, m., conductor.
Schar, f., crowd.
scharen, to group, crowd.
scharf, sharp.
Schatten, m., shade, shadow.
schattenhaft, shadowy.
Schatz, m., treasure.
schätzen, to value.
schauen, to look.
Schauspiel, n., spectacle.
schein-bar, apparently; -en (schien, geschienen), to seem.
schenken, to give, present.
Schere, f., scissors.
Scherz, m., joke.
Scheu, f., fear, unwillingness.
scheu, timidly.
scheuen, to spare.
Scheusal, n., wretch.
scheusälig, wretched.
Schicksal, n., fate.
schielen, to squint, eye.
schießen (schoß, geschossen), to shoot.
Schieß-en, n., shooting; -gerät, n., fire-arm.
Schild, m., sign.
schildern, to describe.
schimmern, to glimmer.
Schinken, m., ham.
Schirm, m., umbrella.
schlaff, flabby.
schlafen (schlief, geschlafen), to sleep.
Schlag, m., blow.
schlag (schlug, geschlagen), to strike, beat.
Schlange, f., snake, serpent.
schlecht, bad; - und recht, plain, upright.
Schleier, m., veil.
schleppen, to drag along.
Schlesie-n, n., Silesia; -r, m., Silesian.
schlesisch, Silesian.
schleudern, to throw, hurl.
schleunigst, with the utmost speed.
Schleuse, f., lock, sluice.
schließ-en (schloß, geschlossen), to close; -lich, in the end.
Schliff, m., grinding, sharpening.
schlimm, bad, awkward.
Schloß, n., castle.
Schlucht, f., cleft, gorge.
Schluck, m., draught.
Schlückchen, n., sip.
schlürfen, to sip.
Schlüssel, m., key.

schmal, small, narrow.
Schmetterling, m., butterfly:
-snetz, n., butterfly net.
schmiegen, sich, to cling, nestle.
schmieren, to scribble, scrawl.
schmoren, to stew.
schmücken, to decorate.
schmutzig, dirty.
schnäbeln, to bill (of doves).
schnallen, to button, tighten.
schnappen, to gasp, breathe.
schnarrend, snarling, grating.
schnauben, to snort.
Schnecke, f., snail.
schneckenlangsam, snail-paced.
Schneegrube, f., snow-pit.
schneiden (schnitt, geschnitten), to
Schneider, m., tailor. [cut.
schnell, quick.
schnörkelhaft, full of flourishes,
flowery.
Schnuppe, f., snuff; das ist mir
-, that is all the same.
schon, already.
schön, beautiful.
Schornstein, m., chimney.
Schoß, m., lap.
Schreck, m., fright, start; -en, m.,
fright; -enskammer, m.,
chamber of horrors.
Schrei, m., cry.
schreien (schrie, geschrieen), to
scream.
schreiten (schritt, geschritten), to
step.
Schriftsteller, m., author.
Schritt, m., step; -zähler, m.,
pedometer.
schüchtern, shy.

Schuld, m., debt.
schuldig, indebted.
Schulter, f., shoulder.
Schummerstunde, f., dusk.
Schunkelwalzer, m., (South German), a slow gliding waltz.
Schuß, m., shot, dash.
Schüssel, f., dish.
Schuster, m., shoemaker.
Schutz, m., protection.
schützen, to protect.
Schwätzer, m., chatterer.
schweigen (schwieg, geschwiegen),
to be silent.
schwellen (schwoll, geschwollen),
to swell.
Schwindel, m., swindle.
schwitzen, to sweat.
schwören (schwor, geschworen), to
swear.
Secum (Lat.), with him.
Seele, f., soul.
seenreich, rich in lakes.
Segenswunsch, m., blessing.
sehen (sah, gesehen), to see.
Sehenswürdigkeit, f., sight, curiosity.
sehnen, to long.
seit, since; - zwei Stunden,
for two hours.
Seite, f., side, direction, quarter;
-nabstecher, m., side-trip;
-enblick, m., side-look.
selber, self, himself.
selbst, self, even; -bewußt, self-conscious.
Selbst-erheiterung, f., self-amusement; -gespräch, n., soliloquy.
selig, happy, blessed; -en An-

gedenkens, of blessed memory, the late lamented.
seltsam, extraordinary, strangely.
senden, to send.
senken, to sink, let droop.
setzen, to set, put.
Setzen, n., composition, setting up (of type).
seufzen, to sigh.
Seufzer, m., sigh.
Sexta, f., sixth class of a school.
sicher, sure.
sicht-bar, visible; -lich, visibly.
Siele, f., harness, reins.
Singvogel, m., songbird.
sinken (sank, gesunken), to sink.
Sinn, m., sense, meaning.
sinnreich, ingenious, wise.
sitzen (saß, gesessen), to sit, be.
Sklave, m., slave.
sodann, then.
soeben, just.
so ein, a sort of.
sofort, at once.
sogenannt, so-called.
sogleich, immediately.
solch, such.
Soldatenzeit, f., soldier years.
sollen, shall.
somit, with this, so.
Sommerkalamität, f., summer calamity.
sonderbar, strange.
sondern, but. [sunny.
sonn-beglänzt, sunlit; -enhaft,
Sonnenschein, m., sunshine.
sonst, otherwise; -ig, other; -wo, anywhere else.
Sorgfalt, f., care.

sorg-fältig, carefully; -los, free from care, carelessly.
soviel, as far as, as much as.
sowohl, as well as.
spähen, to spy.
Spalt, m., slit, slot.
spannen, sich, to strain, grow tense.
Spannung, f., excitement.
Sparbüchse, f., savings-box, reservoir.
spar-en, to spare, save; -sam, frugal.
spät, late.
Specht, m., wood-pecker.
speien, to spit.
speisen, to eat; zu Mittag -, to dine.
Spiegel, m., mirror.
spielen, to play.
Spiritusschnellkocher, m., alcohol stove.
Sprachwissenschaft, f., philology, science of language.
Springbrunnen, m., fountain.
Spruch, m., saying.
Stachel, m., prickle; -schwein, n., porcupine.
Stadt, f., town.
Stand, m., condition; im Stande, capable.
ständig, fixed.
stark, strong, severe.
stärken, to strengthen.
Stärkung, f., strengthening.
Staub, m., dust.
staubgrau, dusty gray.
stauchen, to knock, jolt.
stecken, to stick.

stehen (stand, gestanden), to stand.
steigen (stieg, gestiegen), to mount; abwärts –, to descend.
steil, steep.
Stein, m., stone; -block, m., -geröll, n., bowlder.
steinern, stone.
Stelle, f., place, spot.
stetig, continual.
stets, continually.
steuern, to steer.
Stiefel, m., shoe; -chen, n., little shoe.
stilvoll, stylish.
Stimme, f., voice.
stimmen, to attune, dispose.
Stimmung, f., frame of mind.
Stirne, f., brow.
Stock, m., stick, cane.
Stoff, m., material, cloth.
strahlen, to beam.
Strapaze, f., hardship.
Strauß, m., nosegay.
Strecke, f., stretch, distance.
Streukügelchen, n., little pellet.
Strich, m., line.
Strom, m., stream, torrent.
strotzen, to swell.
Stück, n., piece; das –, apiece.
Student, m., student.
Studium, n., study.
Stufe, f., step.
Stuhl, m., chair.
Stunde, f., hour.
stundenlang, for hours.
Sturm, m., storm.
suchen, to try.
Sumpf, m., bog.
sumpfig, swampy.

Suppenkrautelixir, n., extract of herbs used in soups.
System, n., system.

T

Tafel, f., cake, tablet.
Tag, m., day; -ebuch, n., journal; -ebuchaufzeichnung, f., note in a journal; -edieb, m., loafer; -esmarsch, m., -estour, f., day's tramp.
täglich, daily.
Taktik, f., tactic.
taktisch, strategic.
Tante, f., aunt; -ngefühle, f., aunt's feelings.
tanzen, to dance.
Tasche, f., pocket, case, valise.
Taschen-apotheke, f., pocket apothecary's shop; -apparat, m., pocket camera; -laterne, f., pocket lantern; -perspektiv, n., pocket glass.
Täßchen, n., small cup.
Taube, f., dove.
tauchen, to plunge.
taufen, to christen.
täuschen, to deceive.
Täuschung, f., deception, disappointment.
Teich, m., pond.
Temperatur, f., temperature.
Teilnahme, f., participation.
Teppich, m., carpet, rug.
Terrain, n., ground.
teuer, dear.
Teufelsbart, m., devils-beard.
teuflisch, infernal.

Thal, n., valley.
Thermometer, n., thermometer.
Thorschreiber, toll-keeper, receiver of customs.
thun (that, gethan), to do.
Thür, f., door.
tief, deep; – liegend, deep set.
Tisch, m., table; -gast, m., guest
Titel, m., title. [at table.
Totengruft, f., vault, cave of death.
tödlich, deathly.
Tollwut, m., madness.
Ton, m., sound, style.
tönen, to sound.
Touristenbrille, f., tourist's spectacles.
trachten, to desire, endeavor.
tragen (trug, getragen), to carry.
Traum, m., dream.
träumerisch, dreamy.
treffen (traf, getroffen), to hit, meet, succeed; -d, applicable, apropos.
treiben (trieb, getrieben), to drive.
trennen, to separate.
treten (trat, getreten), to step, enter.
Treppe, f., flight, story, stairs; drei -n hoch, on the third
Tribut, m., tribute .[floor.
trocken, dry.
trocknen, to dry.
trommeln, to drum.
tröpfeln, to drop.
tröstlich, comforting.
trotz, in spite of; -dem, in spite of that.
tüchtig, considerable, thorough, stout.

Tümpel, m., puddle.
türkisch, Turkish.
türmen, to heap.
Tyrann, m., tyrant.

U

übel, bad, badly.
über, over, across, about, beyond; quer –, from corner to corner; -all, everywhere; – einander, over each other.
Überdruck, m., over-pressure.
über-haupt, altogether, in general, anyhow; -kommen (überkam, überkommen), to overcome.
überlegen, superior.
über-legen, to think over, reconsider; -mannen, to overcome; -reden, to convince.
Überredungskunst, f., power of persuasion.
über-reichen, to hand; -sehen (übersah, übersehen), to survey, appreciate; -treffen (übertraf, übertroffen), to surpass; -trumpfen, to get the better of; -vorteilen, to take advantage of; -zeugen, to convince.
Überzeugung, f., conviction.
üblich, customary.
übrig, over, remaining; im -en, in general.
Ufer, n., bank.
Uhr, f., clock, o'clock.
um, in order to, about; – so höher, so much the greater; -blicken, to look around; -bringen (brachte, gebracht),

to kill; -geben (umgab, umgeben), to surround.
Umgebung, f., surroundings.
Umgegend, f., neighborhood.
umgekehrt, opposite, reverse.
umhin, ich kann nicht -, I cannot
Umriß, m., outline. [forbear.
umschauen, to look round.
umschließen (umschloß, umschlossen), to include.
umschlingen (umschlang, umschlungen), to encircle.
Umstand, m., circumstance.
Umzäunung, f., enclosure.
unabhängig, independent.
unangenehm, unpleasant.
unbeirrt, not confused, unhesitat-
unbekannt, unknown. [ing.
unbeschützt, unprotected.
undurchdringlich, impenetrable.
unegal, unequal, unjust.
unermeßlich, immeasurable; so - viele, such countless numbers.
unerschöpflich, inexhaustible.
unerzogen, ill-bred.
unfruchtbar, barren.
ungefähr, about, nearly.
Ungarwein, m., Hungarian wine.
ungeheuer, immense; - viele, immense number of.
ungemein, uncommonly, extraordinary.
ungezählt, uncounted.
unkenntlich, not recognizable.
unleidlich, insufferable.
unmöglich, impossible.
unreinlich, dirty.
unruhig, restless.
unsäglich, unspeakable.

unschuldig, innocent.
unsterblich, immortal.
unter, under, among; -brechen (unterbrach, unterbrochen), to interrupt; -dessen, in the meantime; -drücken, to repress; -lassen (unterließ, unterlassen), to forbear, refrain; -nehmen (nahm, genommen), to undertake.
Unternehmer, m., promoter, contractor (of any kind of business).
unterstehen (unterstand, unterstanden), sich, to dare.
unverdrossen, indefatigably.
unvergleichlich, incomparable.
unvermutet, unexpected.
unverschämt, shameless.
unwillkürlich, involuntarily.
Unwissenheit, f., ignorance.
unwürdig, unworthy.
unzählig, innumerable.
Urlaub, m., furlough.
üppig, luxuriantly.
ursprünglich, original.

V

Verabredung, f., engagement.
verabreichen, to provide, furnish.
Verachtung, f., contempt.
verbeult, battered, dented.
verbinden (verband, verbunden), to connect, bind.
verblüffend, stupefying, astound-
verborgen, concealed. [ing.
verbrauchen, to make use of, use
Verbrecher, m., criminal. [up.

verbreiten, to spread.
Verbrennungsgas, n., fumes.
verbringen (verbrachte, verbracht), to use up, spend.
Verdacht, m., suspicion.
verdienen, to earn.
Verdienst, m., service.
verdrießlich, vexatious. [cess.
Verfahren, n., conducting, pro-
verfallen (verfiel, verfallen), to fall upon, hit on.
verfertigen, to compose.
verfliegen (verflog, verflogen), to disappear.
verfolgen, to follow.
verführen, to mislead, to set a bad example.
vergehen (verging, vergangen), to be lost.
vergessen (vergaß, vergessen), to forget.
vergleichen (verglich, verglichen), to compare.
Vergletscherung, f., glacier formation.
Vergnügen, n., pleasure.
vergnügt, pleasant.
Vergütung, f., recompensation.
verhallen, to die away.
Verhältnis, n., relation.
verhärtet, hardened.
verhehlen, to conceal, veil.
verheiratet, married.
Verheißung, f., promise.
verhindern, to prevent.
verhüllen, to veil, conceal.
verhungern, to starve.
verirren, sich, to go astray.
verkaufen, to sell.

Verkäufer, m., seller.
verkleiden, to disguise.
verkleinern, sich, to grow less.
verknüpfen, to combine.
verkrüppeln, to stunt.
verlassen (verließ, verlassen), to leave.
verlaufen (verlief, verlaufen), sich, to lose one's way.
verlebt, by-gone, past.
verleihen (verlieh, verliehen), to lend, grant to.
verlieren (verlor, verloren), to lose.
vermittelst, by means of.
vernehm-en (vernahm, vernommen), to hear; -lich, audible.
veröffentlichen, to publish.
verpesten, to infect, poison.
Versagen, n., denial.
versaufen, (vulgar for ertrinken), to drown.
verschaffen, to procure.
verschenken, to give away.
verschieden, various.
verschleiern, to veil.
verschließen (verschloß, verschlossen), to shut, bar.
verschraubbar, provided with a screw lid.
verschwenderisch, extravagant.
verschwimmen (verschwamm, verschwommen), to float, disappear, dissolve.
versehen (versah, versehen), to provide.
versetzen, to replace; in Erstarrung –, to chill, stiffen.
Versicherungsagent, m., insurance agent.

versinken (versank, versunken), to sink, die away.
verstehen (verstand, verstanden), to understand.
Versteinerung, f., petrifaction.
Versuch, m., attempt.
versuchen, to attempt.
verteufelt, confounded, possessed.
vertiefen, to sink.
vertrauen, to confide; – erweckend, producing confidence.
verwandeln, to change.
verweilen, to sojourn.
verwerflich, objectionable.
verwundert, in astonishment.
verzehren, to eat, consume.
verzerren, to distort.
Vesuv, m., Vesuvius.
vielleicht, perhaps.
vier-kantig, four-cornered; -tens, fourthly.
Vogelstimme, f., note of a bird.
Volk, n., people.
vollführen, to accomplish, execute.
völlig, fully; – gebaut, heavily built.
vollständig, complete.
vorbei, past; – kommen (kam, gekommen), to pass.
vorbereiten, to prepare.
Vorbereitung, f., preparation.
vorenthalten, to retain.
vorfinden (fand, gefunden), to find at hand.
Vorgang, m., proceeding, episode.
vorhaben, to have in view.
vorher, vorhin, before.
vorkommen (kam, gekommen), to appear, occur.

Vormittag, m., forenoon.
Vorort, m., suburb.
Vorrat, m., supply, stock.
vorrätig, in stock, at hand.
Vorsatz, m., intention.
Vorschein, m., appearance; zum – bringen, to bring to light.
vorschützen, to ward off.
Vorsicht, f., watchfulness.
vorstellen, to represent, introduce.
Vorstellung, f., introduction, image, picture.
Vorteil, m., advantage.
Vortrag, m., lecture.
vortrefflich, excellent.
vorüber, past; – ziehen (zog, gezogen), to pass by.
Vorwand, m., pretext.
vorwärts, forward.
Vorwärtssprung, m., jump forward.
vorwurfsvoll, reproachfully.
vorzeigen, to show.
vorziehen (zog, gezogen), to prefer.
vorzüglich, excellent.

W

Ware, f., merchandise.
wachsen (wuchs, gewachsen), to grow.
Wachspuppe, f., wax figure.
wagen, to dare.
Wagen, m., car, carriage.
wahnsinnig, crazy.
wahr, true; nicht –? is it not? does it not? –haftig, really, truly; –scheinlich, apparently.

während, while; -deffen, meanwhile.
Wald, m., forest.
waldig, wooded.
wandern, to journey.
Wander-er, m., traveler; -gesellschaft, f., company of travelers; -stab, wanderer's staff; -tasche, f., knapsack; -ung, f., journey, [trip.
warten, to wait.
warum, why.
was für, what sort of.
Waffer-fall, m., water-fall; -fallpächter, m., water-fall contractor; -geriesel, n., rippling of water; -leitung, f., waterworks, water supply; -loch, n., water-hole, puddle; -pieper, m., water-pipit.
wafferreich, well watered.
weder....noch, neither....nor.
Weg, m., way, road; -elagerer, m., waylayer.
wegen, on account of.
wehen, to waft.
wehrlos, defenseless.
Werwolf, m., werewolf.
Weib, n., woman.
weich, soft.
weidlich, heartily, highly.
weil, because.
Weile, f., while, time.
weinen, to cry.
Weise, manner.
Weißbier, n., a kind of light beer.
weiß-haarig, white-haired; -lich, whitish.
weit, far; - ausgedehnt, widespread; -geöffnet, wide opened; -hin, far away; -schweifig, far-stretching, long-winded.
weiter, more, further; so ging es nicht -, this could not go on; -lesen, to read on; -schreiten, (schritt, geschritten), to walk on.
Weizen, m., wheat; -feld, n., wheat field.
welten, to wither.
wenden (wendete or wandte, gewendet or gewandt), to turn.
Wendung, f., turning.
wenig, little, few; -stens, at least.
werden (ward, geworden), to become, be.
werfen (warf, geworfen), to throw.
Wert, m., worth.
wertvoll, valuable.
Wesen, n., being, air.
wesentlich, essential; nichts Wesentliches, nothing to speak of.
weshalb, why, for which.
Wette, f., wager; suchten um die - 2c., vied with each other in rendering.
Wetter, n., weather.
widmen, sich, to devote one's self.
widrig, offensive, cross.
wieder, -um, again; -geben (gab, gegeben), to give back.
Wiederhall, m., echo.
wieder-holen, to repeat; -sehen, (sah, gesehen), to see again.
Wiedersehen, n., auf -, au revoir.
Wiese, f., meadow; -nthal, n., meadow, dale.
wiesenartig, meadow-like.
Wildnis, f., wilderness.

willkommen, welcome.
wimmern, to whimper.
winden, to sniff, follow a scent.
winden (wand, gewunden), to bind, weave.
windig, airy; – gebaut, light framed.
winzig, tiny.
wirk-en, to work, effect; -lich; really.
Wirkung, f., effect.
Wirt, m., landlord; -in, f., landlady; -schaft, f., household, house; -shausgelegenheit, opportunity of entering a tavern; -stafel, m., public table.
wissen (wußte, gewußt), to know.
Wissenschaft, f., science.
wo, where, when.
Woche, f., week.
wogen, to heave.
Woge, f., wave.
wohl, well, probably; – an die sieben Male, as much as seven times; war – sehr groß, must have been very great.
wohl-bewacht, well guarded; -erzogen, well-bred; -gebaut, well-built; -riechend, fragrant; -thätig, beneficent, good.
Wohlgeruch, m., sweet odor.
wohnen, to dwell, be housed.
Wohnung, f., dwelling.
Wolke, f., cloud; -nschieber, m., cloud-pusher, scene-shifter.
Wollust, f., bliss, rapture.
worauf, whereupon.
worin, in which, where.

Wort, n., word; zu -e kommen, to get a chance to speak.
wörtlich, word for word, literally.
woselbst, where.
Wunder, n., wonder; – nehmen, to wonder; -werk, n., marvel.
wunder-lich, strange; -n, sich, to be astonished; -thätig, wonder-working.
wünschen, to wish, desire.
Würde, f., dignity.
Wurm, m., worm.
würzen, to spice.
wüst, waste, wild.
Wüste, f., desert.
Wut, f., rage.

3

Zackenthal, n., valley of the Zacken.
zäh, tough, tenacious.
Zähler, m., counter.
zahllos, countless.
Zahn-stocher, m., toothpick; -weh, n., toothache.
zart, gentle, tender.
Zauber, m., magic, charm; -schlag, magic stroke.
zauber-haft, magical; -n, to bezaubern, to loiter. [witch.
zeigen, to show.
Zeit, f., time; -alter, n., age.
Zeitung, f., newspaper; -schreiber, m., newspaper writer.
Zelle, f., cell.
zerklüften, to split, cleave.
zerreißen (zerriß, zerrissen), to tear.

Zerſtreuung, f., fit of abstraction.
Zicklein, n., kid.
Zickzackweg, m., zigzag road.
ziehen (zog, gezogen), to draw, pull, waft, float.
ziel-en, to aim; -los, aimless.
ziemlich, rather.
Zierde, f., decoration.
zieren, to decorate.
Zins, m., interest.
zittern, to tremble.
zoologiſch, zoological.
Zorn, m., anger.
zornig, angry.
zottig, tufted, shaggy.
Zubehör, n., belongings.
zubringen (brachte, gebracht), to pass a night.
Zucht, f., breeding.
zucken, to shrug, twitch.
Zucker, m., sugar; -fabrikation, f., sugar making.
zudem, besides, in addition.
zuerſt, first, at first.
Zufall, m., chance.
Zug, m., procession, migration, trait, characteristic.
zugänglich, accessible.
zugegen, present.
zugleich, at the same time.
Zuhörer, m., listener, audience.
zumal, especially, as.
zunächſt, first of all, next.
zuneigen, to incline.
Zungengeläufigkeit, f., fluency.
zurechtſtutzen, to dress up, trim up.
zurück-bleiben (blieb, geblieben), to remain behind; -geben (gab, gegeben), to give back; -kehren, to return; -kommen (kam, gekommen), to get back; -laſſen (ließ, gelaſſen), to leave.
zuſagen, to tell.
zuſammen-fahren (fuhr, gefahren), to shrink, start; -führen, to bring together; -raffen, to gather together.
zuweilen, occasionally.
zuwenden (wandte, gewandt), to turn to.
zuziehen (zog, gezogen), to draw forth.
zwar, indeed, it is true.
Zweck, m., purpose, aim, end.
zweifelhaft, doubtful.
Zweig, m., branch; -geflecht, n., twisted growth of branches.
Zwiebellöckchen, n., onions with curling stems.
zwiſchen, between; -durch, at intervals.
Zwiſchen-pauſe, f., interval, pause; -rede, f., -wort, n., interjection.

A NEW SERIES OF
MODERN GERMAN TEXTS

The attention of teachers of Modern Languages is called to the new series of modern German Texts now being published by the American Book Company. The texts of this series are carefully selected with regard to the interest of the story and the style of language. They are issued in specially designed flexible bindings and at a moderate price. The use of the clear Schwabacher type will be welcomed by teachers for the relief to the eyes, and the added clearness and beauty of the printed page.

In accordance with the expressed wish of many teachers, the notes are confined to that which is *really essential* to the understanding and appreciation of the story, all purely grammatical instruction being left to the judgment of the instructor or relegated to its proper place — the grammar.

Each text is provided with a vocabulary, which is also a full alphabetical commentary, carefully prepared to supply the special meanings and uses of words which occur in the text.

The following texts of this series have already been published or are now in press:

Die Monate. By HEINRICH SEIDEL. Edited by R. ARROWSMITH, Ph.D. 12mo, 72 pages. - - **Price, 25 cts.**

Das Heidedorf. By ADALBERT STIFTER. Edited by MAX LENTZ, Paterson Classical and Scientific School. 12mo, 80 pages. - - - - - **Price, 25 cts.**

Der Lindenbaum and other Stories. By HEINRICH SEIDEL. Edited by ERNEST RICHARD, Hoboken Academy. 12mo, 71 pages. - - - - **Price, 25 cts.**

Träumereien. By RICHARD VON VOLKMANN-LEANDER. Edited by A. HANSTEIN, Packer Institute, Brooklyn. - - - - - - - -

Herr Omnia. By HEINRICH SEIDEL. Edited by J. MATTHEWMAN, Cheltenham Military Academy.

Other texts are in preparation, and will be issued at frequent intervals.

Copies of the New German Texts will be sent prepaid to any address, on receipt of the price, by the Publishers:

American Book Company

New York   ♦   Cincinnati   ♦   Chicago
    Boston   ♦   Atlanta   ♦   Portland, Ore.

BILDER AUS DER DEUTSCHEN LITTERATUR

By Dr. I. KELLER
Professor of German in the Normal College, New York

The plan of this work will commend itself to teachers who believe that the teaching of German literature should concern itself with the *contents and meaning* of the great works themselves more than with a critical study of what has been said about the works. With this aim the author gives in twenty-one "Bilder" a survey of the language and literature at its most important epochs, singling out for detailed study the chief works of each period and writer. A résumé of the contents of each work so treated is given, generally illustrated by quotation from the work.

The simplicity of the treatment and language, and the clearness of the page, secured by the use of the Schwabacher type, fit this work for younger students as well as for those of more advanced grade.

American Book Company

New York • Cincinnati • Chicago
Boston • Atlanta • Portland, Ore.

GERMANIA TEXTS

REPRINTED FROM "GERMANIA"

Edited by A. W. SPANHOOFD

The Germania Texts are intended chiefly for advanced students in Academies, Colleges, Universities and German-American schools, who wish to make a thorough study of German literature through a medium hitherto inaccessible to the class-room.

Most teachers are compelled to teach the history of German literature from a "short course," the greater works, indispensable for a thorough study of literature, being too expensive for introduction. The Germania Texts are intended to supply this need, by furnishing teachers with the most important chapters from the works of the best German critics and essayists, in pamphlet form, and at a price permitting a copy to be placed in the hands of each member of the class. They will also provide specimens of German literature itself, the contents of great works, extracts, etc.

The texts are issued monthly at the uniform price of **Ten Cents** per copy.

No. 1. **Bürger's Lenore.** With notes. Sketch of Bürger's life and works. Extracts from ERICH SCHMIDT'S celebrated essay on Bürger's Lenore. *May.*

No. 2. **Vergleichung Goethes und Schillers; Lessings und Herders.** By G. G. GERVINUS. *June.*

No. 3. **Klopstocks Bedeutung für sein Zeitalter.** A master essay by CHOLEVIUS. *July.*

No. 4. **Reineke Fuchs.** An essay with contents and extracts from the poem. By H. KURZ. *August.*

No. 5. **Die Krönung Josephs II.** By GOETHE. With notes. *September.*

No. 6. **Lessings Dramaturgie.** By G. G. GERVINUS. **Lessings Minna von Barnhelm.** By H. KURZ. Two master essays. *October.*

No. 7. **Meier Helmbrecht.** An essay with contents and extracts from the poem. By Dr. H. KHULL. *November.*

Copies of the Germania Texts will be sent prepaid to any address, on receipt of the price, by the Publishers:

American Book Company

New York • Cincinnati • Chicago
Boston • Atlanta • Portland, Ore.